Achim Fischer
SCHREIBAGENTUR ARCO
und
das Apostelprojekt

AF284994

Zum Buch

Arco, Inhaber der gleichnamigen Schreibagentur, befasst sich mit ungewöhnlichen, skurrilen, kurzum sonderlichen Fällen, mit denen ihn allerlei skurrile Menschen beauftragen:
Eine irrwitzige Steuerschuld zum Beispiel, das Vermeiden der unerträglichen Geräusche beim allabendlichen Lesen vor dem Einschlafen im Bett, das rechtzeitige Erraten der Tagesschausprecher/innen bevor sie aus dem Dunkel sichtbar werden oder die Leitung eines schrillen Erotik-Kunstartikel-Experiments, das auf einen Einfall Kleopatras zurückgeht.
In der Regel schreibt Arco dann überzeugende Briefe, die meistens eine befriedigende Lösung bewirken. Bis Luuk van Porten erscheint und von ihm unter massiven Drohungen fordert, „Die vier Apostel" von Albrecht Dürer aus der Alten Pinakothek in München nach Nürnberg zurückzubringen – jetzt muss Arco tätig werden. Das Apostelprojekt beginnt.

Autor

Achim Fischer
achimfischer-och@web.de

Layout, Satz, Gestaltung

Konrad Grimm, Ochsenfurt

Achim Fischer

SCHREIBAGENTUR ARCO
und
das Apostelprojekt

Bibliografische Information der Deutschen Nationalbibliothek: Die
Deutsche Nationalbibliothek verzeichnet diese Publikation in der
Deutschen Nationalbibliografie; detaillierte bibliografische Daten
sind im Internet über dnb.dnb.de abrufbar.

© 2022, Achim Fischer
Herstellung und Verlag: BoD - Books on Demand, Norderstedt

ISBN: 978-3-754379189

Inhalt

I

Rechtsanwalt Hertlein und der große Coup

„Herein mit Ihnen, kommen Sie, kommen Sie nur…"
Der da rief, saß an einem Schreibtisch, einem schweren, ungetümen, dunkel gebeizten Möbel, dessen vier geschwungene Beine zu Fußstücken ausliefen, die Pranken von Löwen oder die eines Greifs darstellten. War wohl ein Erbstück, das der traditionsreichen Kanzlei Hertlein & Hertlein schon seit Generationen als Ort der Verrichtung gedient haben mochte und bis auf den heutigen Tag das Zentrum aller juristischen Tätigkeiten und Entscheidungen des Hauses bildete. Rechtanwalt Hertlein hatte seinen Platz auf einem ultramodernen, ergonomischen Bürosessel, der über ein derart mannigfaltiges Funktionsprogramm verfügte, Funktionen des Drehens, des Liegens, des Hebens und des Senkens und des Rüttelns und des Schüttelns, dass er meist, wegen der komplizierten Handhabung, auf das alles verzichtete und einfach auf ihm saß. Er saß auf seinem ledergepolsterten Stuhl, dessen segmentierte Lehne seinen Kopf bei weitem überragte und ihm im Bedarfsfall Schutz und Halt gab. Um ihn herum stapelten sich Akten, Schnell- und Pendelhefter, überhaupt Schriftstücke aller Art, die zu lesen und zu bewerten ein Kernstück seines Berufs ausmachten.

Die IT war ein wenig spärlich, aber wohl mit dem Notwendigsten vertreten. Rechtsanwalt Hertlein, ein Mann in den besten Jahren, mit einem ergrauten, doch dichtem Schopf und pechschwarzem Schnauzer, schien echte Freude zu empfinden, als er das Klopfen vernahm, und Arco seinen Kopf durch die Tür schob. Seine verdrossene, von der Arbeit bestimmte Miene hellte sich auf, steigerte sich zu einem breiten Lächeln und mit empor gehobenen, offenen Armen rief er:

„Herein mit Ihnen… nur herein, wenn's kein Schneider ist, haha… kommen Sie, kommen Sie…"

Arco kam der Aufforderung bereitwillig nach, öffnete die Tür zur Gänze und betrat den Raum, in dem er sich mit einem kurzen Blick umsah. Er ging, ebenfalls auf das Freundlichste lächelnd, auf Hertlein zu, der sich von seinem Stuhl erhoben hatte, und als sie sich trafen, gaben sie sich die Hände, schüttelten sie kräftig und fassten sich dabei gegenseitig an den Oberarmen.

„Es ist mir eine Freude, lieber Arco, Sie wieder einmal begrüßen zu dürfen. Wie geht es Ihnen?" Hertlein neigte den Kopf und sah verschmitzt zu dem größeren Arco empor. „Na, werden wir gleich erfahren… kommen Sie, setzen Sie sich." Er wies auf einen der beiden Besucherstühle. „Wir haben uns einige Zeit nicht gesehen. Macht aber nichts. Sie sind jederzeit willkommen… Wollen wir ein Gläschen lüpfen, ja?" Hertlein deutete mit Daumen und Zeigefinger einen Spaltbreit an, wandte sich um und entnahm dem Wandschrank in seinem Rücken eine Flasche Portwein und zwei Gläser. „Ich amüsiere mich immer noch, wenn ich an unser letztes… letztes Gefecht denke… grandios…" Die Erinnerung an dieses offenbar eindrucksvolle Gefecht ließ Hertlein ungläubig den

Kopf schütteln. Er ging zu seinem Sessel, goss von dem Portwein in die beiden Gläser und setzte sich. „Wenn der CEO von dem Hedgefonds... wie hieß er nochmal?"
Clearance...

„Nein, ich meine den CEO."

„Hans Vater."

„Ja, richtig... wenn der nicht in letzter Minute kalte Füße bekommen hätte, wären wir damit niemals durchgekommen... phantastisch. Wir haben gepokert... sogar ziemlich hoch. Wie geht es denn unseren Klienten? Alles im Lot seitdem?"

„Denen geht's prächtig", gab Arco knapp zur Antwort und griff in seine Brusttasche nach Zigaretten, „darf ich?"

„Sie dürfen... geben Sie mir auch eine, zur Feier des Tages."

Arco reichte Hertlein die offene Schachtel, nahm selbst eine, und nachdem beide ihre Zigaretten angezündet hatten, sagte er: „Wir haben zwar gepokert, aber die guten Karten waren in unserer Hand. Wir hatten Einblick in die interne Korrespondenz. Deren Blatt war nicht gut... wenig hilfreich. Doch lassen wir das. Alles alte Geschichten... acqua passata, wie der Italiener sagt, ist vorbei... nein, lieber Hertlein, ich freue mich außerordentlich, Sie aufsuchen zu können, freue mich, dass Sie sich die Zeit für mich genommen haben. Ich freue mich in erster Linie, Sie persönlich wieder zu erleben..."

Hertlein wehrte mit offenen Händen und einem geschmeichelten Lächeln in aller Bescheidenheit ab.

„Nein, wirklich, lieber Hertlein, mit Ihnen zusammenzuarbeiten ist die Erfüllung schlechthin."

Beide lachten, weil sie wussten, wie leicht sie sich in einem Wettspiel gegenseitig überbordender Komplimente verlieren konnten.

„Kommen Sie, Arco, lassen Sie uns trinken… es sind rare Gelegenheiten…"

Sie erhoben ihre Gläser, die sie aneinander klingen ließen. Sie nickten, sagten ‚na denn' und prosteten sich zu.

„Dann wollen wir mal sehen, was wir diesmal für Sie tun können." Hertlein schob sich aus seinem Sessel nach vorne, legte die ineinander gefalteten Hände auf dem Schreibtisch ab und sah Arco erwartungsvoll mit wippenden Augenbrauen an.

„Ich habe da was", begann Arco, „eine überaus kuriose Angelegenheit."

„Alles andere hätte mich, ehrlich gesagt, überrascht." Hertlein knetete seine Hände voller Ungeduld.

„Dabei ist es derart simpel… hat es aber in sich. Bin neugierig, was Sie sagen werden."

„Heraus mit der Sprache, Arco, spannen Sie mich nicht unnötig auf die Folter."

„Mir ist ein Rentner über den Weg gelaufen… einer, der schon mal bei mir war… als Klient. Steht sich nicht schlecht und ist in seiner Art überaus korrekt. Der Mann hat seine Steuererklärung eingereicht und bei den Einnahmen 12 000,- € angegeben."

Arco hatte einen Zettel aus der Tasche gezogen, von dem er die Ziffern ablas.

„Ich runde ab, um es übersichtlich zu halten. Ein wenig später musste er feststellen, dass er nicht Einnahmen in Höhe von 12 000,- € gehabt hat, sondern in Höhe von 18 000,- abgerundet… klar?"

„Sicher."

Also hat er sich wieder an das Finanzamt gewandt und

um Berichtigung gebeten, denn er ist, wie ich erwähnte, ein überaus korrekter Mensch. Er habe also nicht Einnahmen von 12 000,- €, sondern vielmehr Einnahmen in Höhe von 18 000,- € zu melden. Man möge das berücksichtigen. So weit, so gut."

Hier machte Arco eine bedeutungsvolle Unterbrechung, während der er Hertlein scharf fixierte. Er fuhr fort.

„Nach geraumer Zeit erhält er ein Schreiben vom Finanzamt, in dem er aufgefordert wird, seine Steuerschuld in Höhe von 810 005 400,- Euro zu begleichen. Ich wiederhole mich, Achthundertzehn Millionen und fünftausendvierhundert… wollen sie von ihm haben. Unser Mann ist zu Tode erschrocken und ruft bei dem Finanzamt an, was denn da los sei, er habe einen Steuerbescheid über Achthundert und zehn Millionen erhalten, von den fünftausendvierhundert am Ende der Summe gar nicht zu reden. Wie sie denn in aller Welt zu diesem Betrag kämen! Es könne sich doch nur um einen Witz handeln. Er habe Einnahmen in Höhe von 18 000,- €. Man schaut in den Unterlagen nach, prüft, verbindet ihn hierhin und dorthin und erklärt ihm schließlich, alles habe seine Richtigkeit. Seine Einnahmen betragen laut vorliegenden Unterlagen 1 800 012 000,- €. Ich wiederhole mich, eine Milliarde achthundert Millionen und zwölftausend. Bei einem Steuersatz von fünfundfünfzig Prozent, dem Spitzensteuersatz, der in seinem Fall zur Anwendung käme, ergäbe sich die Summe von Achthundert und zehn Millionen… und fünftausendvierhundert, darauf müssten sie bestehen – auch wenn er von der Summe am Ende nicht reden möchte. Falls er davon überzeugt sei, es habe nicht seine Richtigkeit, stünde es ihm frei, Einspruch zu erheben."

Arco sog an seiner Zigarette, inhalierte, stieß den Rauch geräuschvoll aus.

„Nun wird die Sache dem Mann zu heiß und er wendet sich an mich."

Arco legt erneut eine Kunstpause ein; der Wirkung willen, denn Arco weiß, dass Hertlein Wirkungen zu schätzen weiß.

„Und jetzt bin ich bei Ihnen, denn, wie Sie wissen, bin ich kein Rechtsanwalt… aber wir benötigen für diesen Fall dringend einen Rechtsanwalt, einen verlässlichen… und das sind nun mal Sie… ich meine, der Verlässliche."

Hertlein hatte aufmerksam zugehört. Seine Miene war längst aus der Belustigung hinüber geglitten hin zur Stufe höchster Wachsamkeit. Seine Augen wanderten umher und er versuchte seine Erregung in Zaum zu halten.

„Das ist ja ein Ding!", er kratzte sich am Kopf und stupfte seine Zigarette im Aschenbecher aus. „Ich glaube, ich ahne, worauf das hinausläuft… ist verrückt."

„Wirklich?"

„Erst hatte er als Einnahmen 12 000 Euro angegeben…, sich dann korrigiert… und danach 18 000… stimmt so?"

Arco nickte.

„Seine Einkünfte sollen angeblich… wie war das… eine Milliarde… achthundert Millionen und so weiter betragen. Soweit auch richtig?"

Arco nickte.

„Also, was ist da passiert…", Hertleins Blick richtete sich zum Fenster. Er ließ einen Pfiff ertönen, der wohl ebenfalls so viel heißen sollte wie, dass das ein Ding von unerhörtem Ausmaß sei. „Da hat irgendjemand eine falsche Angabe eingegeben…"

„Das ist nun absolut richtig", sagte Arco, „der Mann hat

keine Einnahmen in der Höhe, nicht einmal annähernd. Hier stimme ich Ihnen ohne Einschränkung zu."

„Nehmen wir mal an", fuhr Hertlein fort, ohne sich um den ironisch heiteren Ton Arcos zu kümmern, „nehmen wir einmal an, es war ein Sachbearbeiter, der da was durcheinandergebracht hat. Nehmen wir mal an, der Sachbearbeiter hat von irgendwas geträumt, war abgelenkt, als er die Angaben unseres Mannes eingetippt hat… hat nicht aufgepasst… und hat nicht die zuvor angegebenen 12 000 Euro durch die 18 000 ersetzt…"

„Nein, scheint er nicht ersetzt zu haben."

„Exakt… er hat die Summen eben nicht ausgetauscht… er hat sie stattdessen hintereinandergeschrieben." Hertlein hatte den letzten Satz fast laut herausgerufen. Jetzt dämpfte er seine Stimme. „Er hat die 18 000 einfach eingetippt. Er hat die 18 000 v o r die ursprünglichen 12 000 Euro geschrieben. Und das ergab dann die beeindruckende Zahl von 1 800 012 000… eine Milliarde und achthundert Millionen und zwölftausend. Dann kam der Steuersatz ins Spiel und er erhielt den Bescheid über… was war das nochmal?"

„So an die achthundertzehn Millionen…"

„Eben… das ist der Spitzensteuersatz, der hier zur Anwendung kam… bleibt immer noch genug übrig."

„Respekt, Herr Rechtsanwalt Hertlein, Sie sind ein ausgesprochen heller Kopf… alle Achtung."

„Und ich sage Ihnen auch, wie es weiter… nein, nein… lieber nicht… nein, das mache ich nicht. Sagen Sie mir es, Arco, was ich in der ganzen Angelegenheit zu tun hätte… ich meine rein hypothetisch, wenn ich denn wollen würde… haha."

„Es gäbe die Möglichkeit, den Steuerschuldner, den bedauernswerten Rentner als Mandanten anzunehmen… die vorgerichtliche Vertretung zu übernehmen. In dieser Position als Anwalt ihres Mandanten könnten Sie an die Steuerbehörde ein Schreiben übermitteln, indem Sie auf die Fehlerhaftigkeit und Unsinnigkeit des Steuerbescheids in Höhe von 810 005 400,- Euro an ihren Mandanten hinweisen und die Behörde auffordern, unverzüglich den Bescheid zurückzunehmen. Keine Frage, dass der Bescheid daraufhin zurückgenommen wird."

„Keine Frage."

„Sehe ich auch so… dem Mann ist geholfen worden."

„Und dann…"

„Und dann?"

„Ja, was dann?"

„Nun ich denke, ich werde dem Finanzamt meine Honorarforderung für meine Tätigkeit präsentieren…"

„Das denke ich auch…"

„Da dürfte einiges zusammenkommen…", Hertlein griff nach seinem Taschenrechner, lassen Sie uns das einmal überschlagen. „Da haben wir den Streitwert in Höhe von 810 005 400,- Euro… wir setzen auf eine außergerichtliche Einigung… da wäre die Geschäftsgebühr, Faktor 1,3… macht roundabout…" Hier murmelte er Unverständliches. „Und dann haben wir die Einigungsgebühr mit Faktor 1,5… macht etwa…" Das unverständliche Gemurmel wiederholte sich an dieser Stelle. „Alles in allem können da einiges auflaufen… Wir könnten dem Finanzamt sogar noch entgegenkommen… good will zeigen und den Betrag ein wenig absenken."

„Sie werden Steuern zahlen…"

„Natürlich… versteht sich von selbst."

„Da bleibt dennoch ein Millionenbetrag übrig."

„Sieht so aus."

„Sie haben keine Bedenken… wegen der… nun, um es offen anzusprechen, hier zahlt die Zeche der Steuerzahler."

„Eben, auch Sie und ich… Hören Sie Arco, Sie wissen genauso gut, wie ich, dass immer irgendjemand zahlen muss. Selbst wenn Sie ein Pfund Kaffee kaufen, schädigen Sie irgendjemanden. Irgendeiner ist schamlos unterbezahlt in der Kette… und ein anderer unanständig überbezahlt." Er hob in Bedauern die Schultern. „Wir machen es mit einer anderen Sache gut… ein andermal… versprochen."

„Die Gelder, die Sie erstreiten…"

„Ist mir eine Freude zu teilen, lieber Arco, jeder bekommt etwas von der Torte… versteht sich von allein… Ihr Rentnermann, Sie und ich… unter uns wird aufgeteilt."

Sie hoben erneut ihre Gläser, sagten ‚na denn' und prosteten sich zu, „auf gutes Gelingen, möge der Bessere gewinnen." Sie schlürften den Rest des Portweins.

Hertlein verließ seinen Sessel. „Kommen Sie, Arco, ich will Ihnen etwas zeigen, was ich kürzlich erstanden habe… wird Sie eventuell interessieren." Arco erhob sich ebenfalls von seinem Stuhl und folgte Hertlein, der zu einem Bild ging, dem Anschein nach ein Aquarell, das mit cremefarbigen Passepartout eingefasst, in einem weißen Rahmen neben einer Kohlestiftzeichnung und einer weit ausgreifenden, südlichen Landschaft in Pastellfarben den Blick auf sich zog. Man sah eine Burgruine, kleinformatig, quadratisch, von ungewöhnlichem Liebreiz, die den Betrachter in Beschlag nahm. Zu Füßen der Ruine verteilte sich ein Dorf mit einem Kirchturm, oder Campanile, denn man befand sich offensichtlich schon in Italien. Alle Einzelheiten waren auf das Feinste und Genaueste ausgearbeitet, denn obschon das Bild allenfalls zwanzig Zentimeter im Quadrat maß, ließ sich jedes Detail erkennen.

Hertlein schmunzelte. „Ein Faksimile… genau genommen eine lithographische Reproduktion… recht wertvoll, wenn auch nicht vergleichbar mit dem Original. Das war ein Scherz... Erkennen Sie…?"

In Arcos Gesicht trat ein Leuchten und Freude übermannte ihn. „Natürlich," sagte er „das ist Schloss Arch oder bekannter als die Burgruine Arco. Arco beim Gardasee… Dürer hat das Aquarell auf seiner ersten Italienreise 1495 gemalt." Er war sichtlich gerührt.

„Haben Sie sich danach genannt?"

„Meine Großmutter stammt aus Arco… aus der Ortschaft Arco… die Stadt liegt zirka fünf Kilometer nördlich des Gardasees am Unterlauf des Flusses Sarca. Dort ist auch die Burg zu finden, die Dürer gemalt hat… oberhalb der Stadt." Arco stand versonnen lächelnd vor dem Bild. „Ja, ich habe mich nach diesem Ort genannt… in Angedenken an meine Großmutter… und an Dürer…"

„Und ich dachte immer, Sie haben etwas mit der Brauerei zu tun."

„Graf Arco Brauerei? Nein… ist ein gutes Bier. Die sind im Passauer Raum. Die stammen auch aus Arco."

Hertlein sah Arco prüfend an, überlegte, ob er ihm das zumuten wollte, entschied sich nach kurzem Zögern dafür, denn er sagte rundheraus:

„Kennen Sie den?" Hertlein stellte den Kopf schräg und feixte.

Arco stutze, ahnte worum es ging, ein Witz war im An-

16

lauf, und er wollte kein Spielverderber sein. „Kenne ich nicht, nein."

Hertlein feixte und knetet seine Hände. „Prüfungskommission im kunsthistorischen Institut an der Uni. Die Prüfungskommission ruft den ersten Prüfling herein. Der Prüfling betritt den Raum und pflanzt sich vor der Kommission auf. Der wortführende Professor beginnt mit einer Frage, einer Aufwärmfrage: ‚Können Sie uns einen Renaissancemaler, einen deutschen Renaissancemaler nennen?'

Der Prüfling überlegt und überlegt und reibt sich ratlos sein Kinn… schüttelt schließlich den Kopf.

Der Professor versucht zu helfen… ‚Na, das wissen Sie doch, ein Renaissancemaler, ein deutscher Renaissancemaler!!'

Der Prüfling ist ratlos. Reibt sich das Kinn. ‚Renaissancemaler?... hmm, deutscher?… hmm... schüttelt den Kopf.

Der Professor wird langsam ärgerlich und hebt die Stimme. ‚Na, der deutsche Renaissancemaler aus Nürnberg!'

Der Prüfling wirkt weiter ratlos und reibt sich das Kinn, schüttelt den Kopf.

Da reißt dem Professor die Geduld und er brüllt entnervt: ‚DÜRER!!'

Woraufhin der Prüfling auf dem Absatz kehrt macht und den Raum verlassen will.

‚Was ist denn jetzt schon wieder?', ruft der Professor verzweifelt dem Davoneilenden hinterher. Der Prüfling stoppt und sagt, ‚na, Sie haben doch eben den Nächsten hereingerufen.'"

Hertlein brach in ein dröhnendes Gelächter aus und hieb Arco mit festem Schlag auf die Schulter. Arco zuckte zusammen, dann fiel er nach einer Schrecksekunde in das Lachen mit ein.

II

Ein Ersatzteil

„Was haben sie daraufhin gesagt?"

Arco blies den Rauch seiner Zigarette geradewegs auf den Mann zu, der auf der anderen Seite des Tisches saß. Der Rauchschwall erreichte den Mann nicht, fiel vorher in sich zusammen und löste sich auf.

„Sie sagten…", Max Munro unterbrach sich, kniff die Brauen zusammen und setzte von Neuem an. „Sie wussten gleich Bescheid", entrüstete er sich, wobei er mit der Hand wedelte, „bevor ich lange erklären konnte, warum die Tür nicht aufging, wusste der schon Bescheid und sagte, es wäre… was weiß ich, das und das… und es würde mindestens vier Wochen dauern, wahrscheinlich aber länger… an die zwei Monate oder so, bis das Teil geliefert werde. Irgendetwas soll da gerissen sein, irgendein Seilzug… Nach Südkorea wäre es eben weit." Er sah Arco erwartungsvoll an. „Die taten so als ob die Teile aus Korea extra mit dem Schiff angeliefert würden… einzeln mit dem Schiff."

„Also, er wusste gleich, worum es sich handelte, als Sie ihm sagten, dass die Tür nicht mehr aufging."

„Von innen nicht… von außen schon."

„Aber wenn Sie im Wagen sitzen, sind Sie doch im Inneren, und dann lässt die Tür sich nicht öffnen. Richtig?"

„Nein... ich kam nicht raus."

Arco wirkte skeptisch und fragte nach. „Der Mitarbeiter ließ sich das gar nicht im Einzelnen erklären… fragte überhaupt nicht nach… der war sogleich im Bilde?"

„Ja, dem war sofort klar, was da los ist. Ich brauchte gar nicht lang zu erklären…", bestätigte Max Munro.

„O.k.", sagte Arco, „dann heißt das, hier liegt ein Routinefall vor, der dem Autohaus bekannt war. Offenbar gab es schon eine ganze Reihe von ähnlichen Beschwerden."

Max Munro nickte. „Ja, ich denke, denen war das nicht neu. Die klangen nicht gerade überrascht."

„Die wussten demnach Bescheid." Arco zerdrückte seine Zigarette im Aschenbecher und sah Max Munro an, der ihm gegenüber schwer auf dem Besucherstuhl saß. Er schätzte ihn auf gut neunzig Kilo. „Wie kamen Sie eigentlich aus dem Wagen? Ich meine, wenn die Tür nicht aufging?"

„Ich rief meine Frau an… die kam und öffnete die Tür."

„Von außen?"

„Hmm..."

„Da hatten Sie Glück… Sie hatten ihr Phone dabei."

„Das kann man wohl sagen", stieß Max Munro mit einem bitteren Lacher hervor, „sonst wäre ich in meinem eigenen Wagen zu Grunde gegangen."

Arco nickte und lachte knapp. „Und wenn Ihre Frau nicht verfügbar ist… was machen Sie dann? Wenn Sie zum Einkaufen oder mal so fahren wollen?"

„Das geht nur zu zweit. Einkaufen geht nur zu zweit, wenn meine Frau mitfährt, dann steigt sie auf der Beifahrerseite aus und kann mich…"

„Die Beifahrertür lässt sich öffnen?", fragte Arco.

„Ja, alle Türen lassen sich öffnen…von Innen… außer die Fahrertür… bei der ist der… der Seilzug gerissen, sagen sie. Was weiß ich."

„Und Sie können nicht…," Arco sah nicht gerade hoffnungsvoll aus, als er die Frage stellte, „Sie können nicht über den Beifahrersitz krabbeln, um ins Freie zu gelangen?

Max Munro öffnete die Arme zu einer Geste der Hilflosigkeit. „Ich komme über die Konsole in der Mitte nicht rüber… das Lenkrad ist im Wege…", er patschte sich auf den Bauch, „und da ist auch die Handbremse. Wie soll ich mich da rüber hieven?" Er deutete auf seinen massigen Körper. „Ich bin doch kein Akrobat."

Arco ließ prüfend seinen Blick auf den Mann fallen, der da schwer und klotzig auf seinem Stuhl saß. „Verstehe", sagte er und nickte, „Sie sind auch kein ausgesprochener Schlangenmensch. Und da wollte man Sie wochenlang auf das Ersatzteil warten lassen…", er schnalzte mit der Zunge, „nicht zu glauben."

Max Munro lächelte zustimmend, er fühlte sich verstanden. „Was machen Sie jetzt? Schreiben Sie das Autohaus an? Man sagte mir, Sie beherrschen die Kunst des Briefschreibens… Sie sollen da wirklich gut sein."

„So, sagte man das… vielleicht", Arco kratzte sich am Kopf, „aber nein. Das hat wenig Zweck. Da sitzt irgendein Schnösel und im besten Fall heftet er das Schreiben ab. Nein, wir wenden uns direkt an die Zentrale. An die Zentrale von Namgung Motors. Das bringt mehr. Wir schreiben die Deutschlandvertretung an. Die PR-Abteilung… Marketing, Kommunikation, Kundenbetreuung usw., usw." Er überlegte kurz. „Haben Sie noch Garantie?

Hat der Wagen noch Garantie?"

„Ja", Max Munro nickte, „habe ich. Der Wagen ist jetzt vier Jahre alt, und die Garantie gilt für fünf."

„Na prächtig". Arco war aufgestanden. „Wir erledigen das gleich", sagte er und drückte eine Taste der Gegensprechanlage. Ein Summton ließ sich vernehmen, dann die sehr selbstbewusste Stimme einer Frau. „Arco, was kann ich für dich tun?"

„Chery, sei so gut und komm rüber. Wir setzen ein Schreiben auf. Dauert nicht lange."

Kurz darauf trat eine Frau ein, die Anfang dreißig sein mochte und eine dunkle Bluse zu einem ebenfalls dunklen, engen Rock trug. Ihr glattes, schwarzes Haar, von dem sich zwei, drei Strähnen gelöst hatten, war aufgesteckt. Ihre vollen, kräftig rot geschminkten Lippen standen in Kontrast zu ihrem bleichen, elfenbeinfarbigen Teint, ebenso wie die schwarz gerahmte Brille, die ihr eine ernste, gesetzte Note verlieh, und der Farbe ihres Haares entsprach. Sie hatte ein asiatisches Aussehen, was das Schätzen ihres Alters für Munro erschwerte.

„Das ist Max Munro", Arco deutete kurz zu seinem Besucher, „und meine Mitarbeiterin Chery", er wies diesmal auf Chery.

Chery nickte Max Munro freundlich zu, sagte ‚hallo', lächelte vage und setzte sich an die Tastatur.

„Ja, freut mich", ließ sich Max Munro undeutlich vernehmen, schien er doch durch das Erscheinen von Chery gehemmt zu werden. Er starrte sie an, wobei er mit dem Zeigefinger seine Brille auf dem Nasenrücken höher schob. Er rätselte über ihren Namen, dachte unwillkürlich an ‚Kirsche', dachte gleich danach an die Badeborner Schwarze Knorpelkirsche… die wuchs im Harz und war

von unvergleichlicher Süße. Er war dort aufgewachsen…
seine Kindheit und Jugend.

„Wir schreiben…", sagte Arco und begann auf und ab-
zugehen, wobei er die Handflächen aneinander rieb,
„nimm beim Ausdruck lieber normales Papier… nicht
das Geschäftspapier, oder nein…" Er hielt inne. „Nein
wir nehmen doch das Geschäftspapier, aber zusätzlich
mit der Anschrift von Herrn Munro. Dann die Adresse von Namgung Motors Deutschland… sei so gut und
such die raus. Also dann:

Sehr geehrte Damen, sehr geehrte Herren,
mein Name ist Max Munro und ich bin Besitzer eines…

Er stoppte und bat Max Munro um seine Autopapiere.

… eines Namgung 30cw 1,4 Classic EZ. Kennzeichen M
– A 297.
Das Auto ist zum soundsovielten zugelassen worden und
somit gute viereinhalb Jahre alt, und damit noch innerhalb
des Garantiezeitraums.

Hier unterbrach sich Arco und wandte sich an Max
Munro. „Ist richtig so, oder?"
Max Munro nickte. „Ist richtig."

Ich habe das Auto beim Autohaus Schrammel, Namgung-
Vertragshändler,

„Chery, schau bitte dann nach, wo die angesiedelt sind",
sagte Arco,

in München gekauft.

Gestern blockierte die Fahrertür, und ich konnte das Auto nicht mehr durch die Fahrertür verlassen. Die Tür lässt sich nur noch von außen öffnen.

Ich rief meinen Namgung-Vertragshändler im Autohaus Schrammel an und schilderte dem Mitarbeiter das Problem: Fahrertür von innen blockiert.

Dem Mitarbeiter war das Problem offensichtlich bekannt, ja vertraut, denn er diagnostizierte den Schaden fernmündlich, war sich zudem seiner Diagnose absolut sicher und sagte, er müsste den gerissenen Zug (oder was immer) für die Tür bestellen. Sie hätten das Teil nicht auf Lager. Auf meine Frage, wann denn mit der Lieferung des fraglichen Teils zu rechnen sei, sagte er:

Arco pickte mit dem gekrümmten Zeigefinger in der Luft. „Fettgedruckt den nächsten Satz."

Das sei völlig ungewiss, es könnten einige Wochen sein, es hätte aber schon mal einige Monate gedauert.

Er schaute zu Max Munro. „Richtig?"
Dieser nickte. „Absolut richtig."

Nun meine Bitte an Sie, mir mit einem Hinweis zur Hilfe zu kommen:

„Wie alt sind Sie, Herr Munro?", wollte er wissen.
„Ich bin 41", sagte Max Munro zögernd. Es schien ihm im Beisein von Chery peinlich zu sein, sein Alter zu nennen. Chery streifte ihn mit einem Blick.
Arco fuhr fort mit seinem Diktat.

Nun meine Bitte an Sie, mir mit einem Hinweis zur Hilfe zu kommen:

„Hatten wir schon, Arco, hatten wir schon", sagte Chery und strich eine Strähne aus der Stirn. Arco blickte sie für einige Sekunden wortlos an, aber Chery war damit beschäftigt eine weitere aufgelöste Strähne ihrem Schopf zuzuführen.

„Ist gut", sagte er, „machen wir weiter." Er strich sich durchs Haar.

Ich bin 71 Jahre und noch recht gelenkig.
Sollte ich die nächsten Wochen oder Monate, bis das Ersatzteil schließlich eintrifft, mit einer Rolle rückwärts über die Kopfstützen des Fahrersitzes die Rückbank erreichen, und aus der hinteren Tür entweichen, oder soll ich mich über Konsole, Schalthebel und Handbremse hinweg auf den Beifahrersitz hieven, und von dort aus ins Freie gelangen?
Was raten Sie mir?
Ich bitte um Stellungnahme.
Mit freundlichen Grüßen

Max Munro war dem Diktat aufmerksam gefolgt, hatte fortwährend gelächelt, wobei er sein Erstaunen nicht verbergen konnte, auf welche Art sein Fall von Arco dargestellt wurde. Nur an der Stelle, bei der man ihm sein Alter willkürlich um dreißig Jahre aufstockte, ohne Not, wie er meinte, stutzte er und blickte eher verdrießlich als erstaunt.

Er warf einen kurzen Blick zu Chery, die ihre Brille abgenommen hatte und aufgestanden war und Arco zunickte. „Danke, Chery", sagte dieser, und Chery erwiderte,

„gerne, Arco", und verschwand in ihrem Büro, nachdem sie Max Munro mit der Hand leichthin zugewinkt und „tschüss" gesagt hatte. Max Munro war sich sicher, dass Arco seine Angestellte nicht französisch „Chérie" nannte und auch nicht englisch „Cherry". Er sprach es anders aus. Ihr Name musste irgendetwas anderes bedeuten, aber der Eindruck war übermächtig, den ihr Name bei ihm hervorrief. Er musste dabei an ‚Kirsche' und ‚Liebling' denken, und beides verwirrte ihn und verursachte ihm Unbehagen. Ein Unbehagen, das aus einem Unerreichbarem herrührte, oder vielmehr einem Verlorenen; einem Verlorenem, das sich mit zunehmender Geschwindigkeit von ihm entfernte, wie ein davonrauschender Himmelskörper, der eine Leuchtspur hinter sich herzieht und immer kleiner wird, bis zur Winzigkeit.

„Ich denke, das reicht", sagte Arco und sah Max Munro prüfend an, „die werden sich melden. Wenn nicht, können wir nachlegen, aber ich denke, das reicht."

„Wie Sie meinen. Was glauben Sie, was passieren wird. Was werden die machen?"

„Die Deutschland Zentrale wird Ihren Autohändler anrufen und nachfragen, ob die wirklich keinen Ersatz haben, und wenn die sagen, haben wir nicht, besorgt die Zentrale auf dem schnellsten Weg von einer anderen Niederlassung das Teil. In spätestens drei, vier Tagen meldet sich das Autohaus bei Ihnen... Das ist eine Frage der Reputation... Unterschreiben Sie hier bitte."

Max Munro nahm den Stift und setzte seinen Namen unter den Brief, stupste mit dem Stiftende die Mine zurück ins Gehäuse und sah Arco an: „Was bin ich Ihnen schuldig?"

„Ist schon in Ordnung", wehrte Arco ab, „in der Regel

nehme ich keine Gebühren. Dafür ist der Anlass zu geringfügig. Es geht ja hier nur um eine Bagatelle… verzeihen Sie."

Max Munro hob erstaunt die Brauen. „Kostenlosen Käse gibt es nur in der Mausfalle, wie man so schön sagt…"

„Nein", sagte Arco, „bei mir ist es entweder sehr billig… oder sehr teuer. In Ihrem Fall ist es eben billig… gebührenfrei… klingt besser." Er zögerte und sagte dann: „Aber mir wäre es recht, wenn Sie mir einige Fragen beantworteten…"

„Fragen… was für Fragen?"

„Ich stelle Ihnen einige Fragen, die Sie bitte nach Möglichkeit beantworten. Sie erweisen mir damit einen kleinen Dienst… im Austausch sozusagen." Arco zupfte sich am Ohrläppchen und seine Augen verengten sich. „Ich schreibe an einer Studie und benötige Material, also frage ich meine Klienten, ob sie gewillt sind mitzuarbeiten. Im Übrigen werden die Gespräche anonymisiert, also Ihr Name taucht nirgendwo auf und alle Umstände werden verändert, wenn es denn überhaupt notwendig ist. Wird aber nicht notwendig sein." Er lächelte. „So wild sind die Fragen nicht… ist nichts Besonderes…"

Max Munro wurde es sichtlich unwohl. „Was wollen Sie denn wissen?"

Arco war aufgestanden. Er fingerte sich eine Zigarette aus der Brusttasche, zündete sie an und setzte sich wieder. „Hören Sie", begann er, „es ist nichts Besonderes… wir führen eher ein Gespräch. Es ist eher ein Gespräch als… Ich bin auf der Suche nach etwas… habe aber nur eine vage Vorstellung von dem, was ich suche. Ich stelle Ihnen einfach einige Fragen… oder gebe Ihnen Stichworte, und sie sagen mir, was Sie davon halten." Er hielt einen festen, geraden Blick auf Max Munro. „Sie können jederzeit eine Frage unbeantwortet lassen… natürlich. Es ist zwanglos."

Max Munro blinzelte. „Na dann schießen Sie los. Weiß nicht, ob ich Ihnen behilflich sein kann."

Arco sog an seiner Zigarette, inhalierte mit Hingabe und tupfte sie auf den Rand des Aschenbechers. Als er den Rauch wieder freigab, fragte er: „Was halten Sie von den Amischen?"

„Von den Amischen… welchen Amischen… ach so, von den Amischen!" Max Munro hob mit resignierender Gebärde die Hände. „Die Amischen… was weiß ich. Sind wohl wackere Burschen. Ich habe mit denen wenig zu tun. Sie fahren, glaube ich, mit Pferdekutschen herum und leben von der Landwirtschaft... kann man ja nichts dagegen sagen. Elektrischen Strom lehnen Sie ab… also desgleichen elektrische Geräte. Ja? Stimmt das? Ist doch allerhand ohne Strom und sowas sein Leben zu fristen…"

Arco nickte. „So in der Art, ja… Was glauben Sie, Herr Munro, hinken die Amischen unserer Zeit hinterher… oder sind sie unserer Zeit voraus? Was denken Sie?"

Max Munro stutzte und spannte sich. Er überlegte und sagte dann zögernd: „Kommt darauf an, wie man es sieht."

„Und wie sehen Sie es?"

„Sie stellen Fragen…", Max Munro überlegte, wölbte die Lippen. „Es gibt gewiss Tage, an denen ich glaube, wir können uns glücklich schätzen, wenn wir wie die Amischen leben. Die leben doch nicht schlecht… " Max Munro schien seine Gedanken zu den Pferdekutschen zu lenken und zu den Äpfeln, die die Amischen anbauen.

„Auf der anderen Seite...", er zögerte, „nein lassen wir das... ich weiß nicht, ob das geht... ich meine, ob alle so leben können. Ich für meinen Teil liebe aber Pferde, wenn Sie meine Meinung wissen wollen. Ich könnte mit Pferden und Kutschen und Äpfeln leben... und Bienen."

„Hmm Bienen... Bienen sind beliebt... imkern Sie?"

„Ja, ja... doch zurzeit beschäftige ich mich mehr mit wilden Bienen. Ich unternehme Zuchtversuche... mir schwebt vor... Wie Sie sagen, Bienen sind beliebt, und mir schwebt vor sie ähnlich, wie man Fische im Aquarium hält, in dekorativen Gefäßen im Zimmer als Schmuckbienen zu halten..."

„Ehh... Schmuckbienen... Bienen, die man in einer Glaskugel neben der Lampe hängen hat und ihnen beim Summen zusehen kann... so etwas in der Art?"

„So ungefähr... allerdings stelle ich mir kleinere Behältnisse vor... etwas in der Größe, was man auf den Tisch stellen kann, in dem es dann gemütlich summt und brummt. Eine kleine Kugel mit einem Stück Wabe... oder einen Zylinder... sowas."

„Brauchen die Bienen nicht Luft?"

„Ja... doch... daran arbeite ich... ist noch nicht ausgereift. Kleine Löcher kann man problemlos in jeden Behälter einstanzen... ist aber noch nicht klar, ob das reicht... die Frischluft meine ich."

„Die Bienen können da drinnen auch nicht ewig bleiben... also nicht so lange wie die Fische im Aquarium... die müssen doch was zu futtern bekommen?"

„Kürzer... viel kürzer... der Austausch ist noch zu klären."

Arco nickte. Er schien über irgendetwas nachzusinnen. Oder überlegte er nur, was er fragen sollte, wo er doch nur eine vage Vorstellung von dem hatte, was er wissen wollte?

Max Munro sah Arco an, druckste ein wenig und sagte: „Darf ich Sie auch etwas fragen? Hört sich vielleicht komisch an… aber…"

Arco nickte. „Nur zu. Ich sagte Ihnen doch, wir führen eine Art Gespräch… da darf jeder…"

Max Munro zögerte einen Moment, rang mit sich, ob es denn angebracht sei, eine derartige Frage zu stellen, sagte aber dann: „Sie werden sich vielleicht wundern… aber als ich Ihre Mitarbeiterin vorhin sah, musste ich unwillkürlich an unsere Badeborner Kirschen denken", er grinste verlegen, „um genau zu sein, an die schwarze Knorpelkirsche… ist was ganz Feines." Er schnalzte mit den Lippen. „Dann nennen Sie sie noch… wie…?" Er hielt inne und sah Arco erwartungsvoll an.

„Wie sie heißt, meinen Sie?"

„Ja, wie sie heißt."

„Chery", sagte Arco, „sie lässt sich Chery rufen. Hat aber nichts mit Kirschen zu tun…" Er schmunzelte und schüttelte ungläubig den Kopf, drehte sich zur Seite hin und sprach zu sich selbst ‚nun hör dir das an… die Badeborner schwarze Knorpelkirsche…' Dann wandte er sich wieder seinem Gegenüber zu. „Nein, Verehrter, ihr Name hat nichts mit Kirschen zu tun. Glaube ich jedenfalls. Chery ist eine chinesische Automarke… keine Ahnung, weshalb sie sich so nennt. Keine Ahnung, ob sie sich nach der Automarke genannt hat."

„Ach… ein chinesisches Auto… Chery…", murmelte Max Munro, „wer hätte das gedacht." Er schien enttäuscht zu sein.

„Was wollen Sie aber fragen, Herr Munro?"

„Ja, ja… den Namen eben. Der hat mich… ich weiß auch nicht… den Namen wollte ich in Erfahrung bringen. Er klingt für mich…" Max Munro ließ den Satz unvollendet, hilflos geworden. „Aber nein, eine Automarke… wer hätte das gedacht…"

III

Kuchen in der Tankstelle

Tatsächlich hatte sich das Autohaus Schrammel bei
Max Munro drei Tage später gemeldet und mitgeteilt, er
könne vorbeikommen und sich das fragliche Teil, den
Zug für die defekte Tür, einbauen lassen. Es sei über-
raschend eine Lieferung mit Ersatzteilen eingetroffen.
Offensichtlich hatte die Zentrale von Namgung Motors
Deutschland Druck gemacht. „Das klappt ja wie ge-
schmiert", hatte er erleichtert geantwortet und gesagt, er
käme sogleich. So setzte er sich in sein Auto und fuhr
zum Autohaus, wo man ihm bereitwillig von außen die
Tür öffnete, ihm aus dem Wagen half und mit dem Ausdruck des Bedauerns ob seiner Unannehmlichkeiten die
Reparatur durchführte – selbstverständlich kostenfrei.
Er trank in der Zeit einen Kaffee in dem dafür gestal-
teten Besuchereck des Showrooms, mit Lounge Sesseln,
Beistelltisch und Magazinen. Nachdem er seinen Kaffee
getrunken und in den Magazinen geblättert hatte, stand
er auf und schlenderte umher und betrachtete die dort
ausgestellten, hochglanzpolierten, gänzlich staubfreien
Karosserien. Dabei musste er flüchtig an die Amischen
denken, nach denen ihn Arco gefragt hatte, und an deren
Pferdekutschen, die sicher von den Landstraßen immer

staubig waren.

Als eine adrette Angestellte, rotlippig, geschäftsmäßig lächelnd, in weißer Bluse und Bolerojäckchen, auf ihn zukam und ihm den Schlüssel übergab, bedankte er sich höflich. Das Lächeln der Dame wurde daraufhin spärlicher, sogar ein wenig spöttisch, wobei sie die Augen ungläubig zusammenkniff: „Sie sehen für ihr Alter ausgesprochen gut aus... wirklich… einundsiebzig Jahre, kaum zu glauben." Sie neigte schelmisch den Kopf und entfernte sich, weshalb sie nicht bemerken konnte, wie er langsam errötete. Er atmete tief durch, dachte sich, so ist das eben, alles hat seinen Preis und ging zu seinem Fahrzeug. Er schob sich auf den Fahrersitz und nachdem er seine Position gefunden hatte, überprüfte er das Öffnen der Tür. Aufmachen, zugeschlagen und noch einmal geöffnet. Na, das funktionierte anstandslos! Ein Gefühl der Erleichterung überkam ihn und er wurde munterer. Er zog die Tür zu, startete den Motor, hörte wohlgefällig das vertraute Geräusch und fuhr los.

Kurz darauf kam er an der großen Tankstelle vorbei, einem beliebten Treffpunkt mit überbordendem Angebot an Back- und Tabakwaren, Getränken, Zeitschriften und einem Imbiss-Café. Er fand die Benzinpreise auf der Anzeigentafel hinnehmbar und hielt an einer der zahlreichen Zapfsäulen. Er stieg aus, öffnete den Verschluss am Tankstutzen, griff nach dem Zapfhahn und ließ das Gemisch in den Tank einlaufen. Nachdem er getankt hatte, verschloss er den Tankstutzen, hängte den Zapfhahn in die Halterung an der Säule und ging in das Innere des Gebäudes, um die Rechnung zu begleichen. Beim Eintreten schlug ihm ein Geruch von Kaffee und frischen Backwaren entgegen, vermischt mit den Düften von

Pizzen, die in allen Stückgrößen an der Theke angeboten wurden. Während er zur Kasse ging, schnupperte er angeregt nach den verführerischen Gerüchen; von ihnen noch in Beschlag genommen, stellte er sich hinter die letzte Person in der Schlange. Als dann sein Augenmerk auf die Frau vor ihm fiel, erschrak er kurz, vergaß die Backwaren, wobei er sich nicht hätte festlegen wollen, ob es freudiger Schreck war oder nicht eher ein unangenehmer. Vor ihm stand Chery, die Mitarbeiterin von Arco, Chery mit dem elfenbeinernen Teint und dem asiatischen Aussehen, die ihn so irritiert und ihn an die süße Badeborner Knorpelkirsche aus dem Harz hatte denken lassen. Als Chery ihren Kopf ein wenig zur Seite wandte, erkannte er ihr Halbprofil und die schwarze Haarsträhne, die sich gelöst hatte und herabbaumelte. Er war sich unsicher, ob er sie ansprechen sollte. Ihm war leicht unbehaglich zumute. Die Leute in der Schlange rückten nach und nach vor, und bald darauf war sie an der Reihe. Irgendetwas schien aber ihre Zahlung zu verzögern. Es entspann sich ein Disput zwischen ihr und dem Mann an der Kasse, der ihr ein Schriftstück vorlegte, worauf sie mit unwilligem Kopfschütteln reagierte und ratlos die Schultern hob. Der Mann deutete mehrmals mit dem Finger auf das Schriftstück. Daraufhin wandte sie sich flugs um, ging rasch auf ihn los, - zwei, drei Schritte - und nahm ihm mit den Worten, sie habe leider ihre Brille vergessen und müsse da eben was unterschreiben, die seinige mit sicherem Griff von der Nase. Gerade, dass sie noch ein undeutliches Wort der Entschuldigung vorbrachte, während sie sich die Brille aufsetzte und am Tresen das fragliche Formular nach kurzer Durchsicht unterschrieb. Dann machte sie gelassen kehrt, nahm die Brille ab, seine Brille und gab sie ihm mit Dank zurück, wobei sie ihn erst jetzt zu erkennen schien. „Ach, Sie sind's. Tut mir leid", sagte sie, „ich musste die monatliche Tankrechnung quittieren und konnte die Aufstellung nicht lesen… kleingedruckt." Sie lächelte überaus freundlich. „Ich hoffe, es hat Ihnen nichts ausgemacht, dass ich mir Ihre Brille ausgeliehen habe."

Was sollte er darauf sagen. Natürlich hat es ihm nichts ausgemacht. Also sagte er: „Nein, nein, ganz und gar nicht… ich war nur etwas überrascht. Machen Sie das immer so, wenn Sie Ihre Brille vergessen… dann bedienen Sie sich bei anderen?"

„Nein, nur wenn hilfsbereite Menschen in der Nähe sind", sie sah ihn herausfordernd an, „Sie waren doch hinter mir… oder nicht?"

Er versuchte zu verstehen, was sie damit meinte, gab es aber sogleich auf und fragte stattdessen: „Wollen wir einen Kaffee trinken… Kuchen gibt es auch?"

Sie blickte ihn erstaunt an, jetzt schien sie überrascht zu sein. „Kuchen… was für Kuchen…"

„Na, ich weiß nicht…", zögerte er, „was es da eben gibt… müssten wir mal schauen… da hinten gibt's eine Menge Kuchen."

„Ich denke, Sie sollten erst einmal Ihre Tankrechnung bezahlen, bevor Sie an Kuchen denken. Der Kerl an der Kasse trommelt schon nervös mit den Fingern und hinter Ihnen staut es sich." Ihre Augen schielten komödiantisch in Richtung der Wartenden hinter ihm. „Man wird langsam unruhig."

Er sah sich um, blickte dann zum nervösen Kassierer, sagte ‚verstehe' und beeilte sich seine Rechnung zu begleichen. Als er sich wieder umwandte, fand er sie weiter hinten an der Kuchentheke stehen und die Gebäckstücke begutachten. Er ging zu ihr.

„Ich habe schon seit Jahren keinen Kuchen mehr gegessen... ist mir völlig fremd geworden." Sie betrachtete voller Neugier die Auslage. „Ich weiß gar nicht mehr, wie all die Teile heißen."

Er stellte sich neben sie und deutete auf ein gekringeltes Stück mit blauen Tupfen und Glasur. „Das ist zum Beispiel eine Mohnschnecke."

„Sie wandte sich ihm zu und sah ihn befremdlich an. „Ich weiß schon, wie Mohn aussieht. Mohnschnecken kann jeder erkennen, auch ich."

„Und den da, den Käsekuchen werden Sie auch noch erkennen?"

„Werde ich mit Sicherheit... ist ja Käsekuchen."

„Und das hier, direkt vor Ihnen, ist ein Streuselkuchen." Jetzt sagte sie nichts mehr, sondern sah ihn nur mitleidig an. „Das ist kein Streuselkuchen. Das ist ein Prasselkuchen. Der ist aus Blätterteig, weil, wenn man reinbeißt, prasselt es, wie wenn Reiskörner runterfallen, und die Brösel bröckeln in alle Richtungen. Streuselkuchen ist in der Regel aus Hefeteig, nicht aus Blätterteig."

Er hob die Brauen, rundete seinen Mund und ließ ein erstauntes ‚Ohh' vernehmen.

„Und wie würden Sie denn das aufgeplusterte Naschwerk dort an der Seite nennen?" Sie deutete auf ein verzuckertes, hochstrebendes Gebilde, das aus gewundenen, goldgelben Strängen zu bestehen schien, zwischen denen gelbe Fruchtstücke glänzten.

Er hielt es nun für geboten, vorsichtig zu sein: „Vielleicht... Pfirsichtaschen?"

„Vielleicht Pfirsichtaschen...", sie vollführte eine unwillige Gebärde, „vielleicht, vielleicht… Taschen sind flach, sagt schon der Name. Ist das Ding flach? Keineswegs, das da ist erhaben und türmt sich auf… also keine Pfirsichtasche. Vielleicht ist es aber auch ein Mango Türmchen? Könnte doch sein? Oder was meinen Sie?"

„Dann nehmen Sie doch einfach etwas, das Sie kennen", schlug er vor.

Sie sah ihn stumm an oder sah durch ihn hindurch. Der Unterschied, ob sie einen ansah oder durch einen hindurchsah, war bei ihr nicht leicht auszumachen. Schließlich sagte sie: „Ich nehme hier den Kirschkuchen. Ich mag Kirschen in jeder Form, meinetwegen auch auf Kuchen." Dabei lächelte sie vage, als sie das sagte.

‚Das ist ja ein Ding', dachte er sich und bestellte zwei Kirschkuchen und… „nehmen Sie auch Kaffee?", fragte er. Als sie bejahte, streckte er der Bedienung zwei Finger in Form des Victoryzeichens entgegen. Er griff nach einem Tablett und wartete auf die beiden Kirschkuchen und die Kaffeetassen. Als ihm alles gereicht wurde, war sie schon zur Kasse gegangen und hatte bezahlt.

„Danke", sagte er, "ich habe Sie doch eingeladen. Das war übereilt… nicht nötig."

„Ich lade Sie ein", sagte sie, „für Ihre Brille."

Er trug das Tablett zu einem schmalen Zweiertisch an der Fensterfront und stellte es ab. Sie nahmen die gegenüberliegenden Plätze ein. Er gab ihr einen Teller mit dem Kirschkuchen und reichte ihr eine der beiden Tassen. Er nahm seinen Teller und seine Tasse und stellte das Tablett an die Seite.

„Ich bin zum ersten Mal hier", sagte sie und schaute sich um, „hier in der Cafeteria, meine ich." Ihr Blick wanderte durch den Raum, über die dunklen Tische mit den

Tonvasen, in denen Blumen steckten, über die Sitzmö-bel, die Dekorationen und bis hin zu den Beleuchtungs-körpern.

„Ist nichts Besonderes." Er schaute sich gleichfalls um, indem er ihren Blicken folgte. „Man hat nichts ver-säumt… ich mache hier von Zeit zu Zeit nach dem Tan-ken Rast und trinke einen Kaffee… und Kuchen…" Er lachte und klopfte sich auf den Bauch. „Sollte ich nicht so oft…"

„Na wenn schon", sagte sie und begann eine Ecke von ih-rem Kirschkuchen mit der Gabel abzuteilen, „dann hat das mit Ihrer Autotür…", sie nahm den Bissen auf, „… hat das funktioniert. Sie können wieder selbständig aus Ihrem Auto heraus, wenn Sie mal eingestiegen sind?"

Falls da eine Anspielung auf seine Ungelenkigkeit mit-schwang, die es ihm nicht erlaubte, über jeden Stock und Steg zu springen, überhörte er sie. Er nickte. „So ist es… das war echt beeindruckend. Nach paar Tagen haben die sich gemeldet und die Tür sofort repariert. Echt beein-druckend, was man mit einigen Sätzen erreichen kann. Ihr Prestige war vermutlich im Spiel. Sie fürchten den Gesichtsverlust, die Koreaner… das ist wohl das, was sie am meisten peinigt, der Gesichtsverlust. Scheint in Asien im Allgemeinen…" Er brach ab, eingedenk ihrer Herkunft, denn sie musste ihrem Aussehen nach, asiati-sche Wurzeln haben, was immer das heißen sollte, denn Asien ist buchstäblich ein weites Feld, ein sehr weites Feld. Er sah sie prüfend an, konnte aber keine Reaktion feststellen, nachdem er es gesagt hatte, keinerlei Reak-tion über den ernstgesammelten Ausdruck ihres elfen-beinfarbigen Gesichts hinaus, den sie ihm bot. Sie war damit beschäftigt ein bröckelndes Stück Kuchen auf ihre

Gabel zu bugsieren.

„Man muss die Worte geschickt wählen. Das kann Arco, das muss man ihm lassen. Er hat schon etliche Kastanien aus dem Feuer geholt… wesentlich größere… einfach nur durch Briefe oder irgendwelche Schreiben… wir sind da sehr erfolgreich." Sie nickte bestätigend.

‚Sie hat ‚wir' gesagt', fiel ihm auf, ‚sie verstand sich als Teilhaberin'. „Glaub' ich gerne", sagte er, „wie soll ich Sie eigentlich nennen. Arco hat Sie mir vorgestellt und Sie dabei Chery genannt. Soll ich Sie Chery nennen?"

Sie blickte ihn in einer Art an, als ob er die Frage zu unvermittelt gestellt, gleichsam mit der Tür ins Haus gefallen wäre, sagte dann aber, „warum nicht. Viele nennen mich so, warum nicht auch Sie." Das, was sie gesagt hatte, stand im Gegensatz zu dem, was ihr Blick sagte. Dann lachte sie, sie musste lachen, weil ihr offensichtlich etwas eingefallen war, was sie belustigte. Kurz darauf machte ihr Lachen einem schwimmenden Lächeln Platz, das ihn unsicher werden ließ.

„Arco hat mir erzählt, dass Sie Kirschen mögen…" Sie schien ihn jetzt regelrecht mit ihrem Lächeln herausfordern zu wollen und strich sich zwei herabgefallene Strähnen mit den Händen aus dem Gesicht, sodann hob sie beide Arme und verschränkte sie hinter ihrem Kopf. So saß sie für einige Augenblicke vor ihm, die gewinkelten Arme rechts und links vom Kopf, deren gestreckte Haltung ihren Busen merklich hervorhob und betrachtete ihn aus ihren schräg gestellten, dunklen Augen. Sie schien sich zu amüsieren.

„Das hat Ihnen Arco erzählt…"

„Ja, hat er."

„Was hat er denn gesagt?"

„Dass Sie Kirschen mögen… irgendwelche… ich habe den Namen vergessen."

„Er hat Ihnen das von den Badeborner Kirschen erzählt?" Er errötete. „Das war aber nicht so gedacht. Ich habe ihn nur… nur, weil Sie Chery heißen…"

„Wir sind ein Team. Um unsere Arbeit zu tun, müssen wir voneinander wissen, was so läuft." Sie hatte die Arme heruntergenommen und lächelte jetzt voller Zutrauen. „Machen Sie sich nichts draus. Ich habe es schon gewusst, bevor Arco es mir erzählt hat."

„Wir bitten um Ihre Aufmerksamkeit. Die Halter der Fahrzeuge mit den Kennzeichen M–A-297 und M–JM-6001 werden gebeten, die Plätze an den Zapfsäulen freizugeben. Bitte parken Sie ihre Fahrzeuge auf den vorgesehenen Parkbuchten. Wir bitten um Ihre Aufmerksamkeit. Die Halter der Fahrzeuge mit den Kennzeichen M–A-297 und M–JM-6001 werden gebeten ihre Fahrzeuge von den Zapfsäulen zu entfernen." Die Lautsprecherdurchsage ließ sie aufhorchen.

„Ach du lieber Schreck, damit sind wohl wir gemeint", sagte Munro, „also zumindest ich bin es… wir haben unsere Autos an den Zapfsäulen stehen gelassen… völlig vergessen."

„Mein Kleinauto rufen sie ebenfalls aus… es scheint zu stören", alberte sie, „wir haben die Welt um uns herum völlig ausgeblendet, Munro, da sehen Sie, wie weit es mit uns schon gekommen ist. Kommen Sie, lassen Sie uns folgsam sein."

Sie spießten den Rest Kuchen auf, tranken den letzten Schluck Kaffee und gingen zu ihren Fahrzeugen, die den Geschäftsbetrieb hinderten.

IV

Nikolai Rutkowski und das Lärmblättern

„Im Büro sitzt ein Mann im Regenmantel und wartet auf dich", hörte Arco Chery rufen, als er eingetreten und seinen Mantel an der Garderobe abgelegt hatte. Dann war er zu ihr gegangen. Sie stand in der kleinen Kochnische, die sich im Eingangsbereich befand und bereitete Kaffee. „Er sagt, er hätte einen Termin bei dir… und das stimmt, hat er nämlich." Sie tippte mit dem Zeigefinger auf die Uhr an ihrem Handgelenk und verzog schmerzhaft das Gesicht. „Vor einer halben Stunde… willst du auch einen Kaffee?"

Arco gab sich einen Klapps gegen die Stirn, murmelte irgendetwas wie ‚Teufel auch, schon wieder der'. „Hab' ich ganz vergessen"; sagte er laut, „der drängelt schon seit Wochen und wir haben den Termin mehrmals verschoben… Rutkowski ist es… der Mann im Regenmantel… unser liebster Klient." Es war eher eine Feststellung als eine Frage, und sie nickte. Er verzog erst griesgrämig die Mundwinkel, wechselte dann rasch zu einem breiten Grinsen, wobei er den Hilflosen markierend beide Hände gen Himmel hob. „Das ist ein Komödiant… eine deutliche Schieflage bahnt sich da an. Ich ahne nichts Gutes."

„Willst du nun Kaffee?"

„Ja… schon… bitte, aber ich gehe erst mal zu ihm und frag ihn, ober er auch…", er brach ab und vollführte die Pantomime eines beflissenen Kellners, der eine Tasse serviert, „ob er auch geneigt sei, einen Kaffee zu sich zu nehmen… zusammen mit mir… ein, zwei Stück Zucker… Milch gefällig? Sei doch so gut, Chery und stell' uns zwei Tassen hin. Ich komme und hol' sie selbst, bemüh' dich nicht."

Arco ging zu seinem Büro und streckte den Kopf durch die geöffnete die Tür und sagte bevor der Besucher auch nur einen Ton hervorbringen konnte: „Entschuldigen Sie die Verspätung, mein Lieber, bin ungehörigerweise aufgehalten worden. Trinken Sie einen Kaffee mit mir?" Ehe Rutkowski zu einer Antwort anheben konnte, war Arco verschwunden und zu Chery gegangen, um die beiden Tassen zu holen, die er zusammen mit der Zuckerdose und einem Kännchen Milch auf ein Tablett stellte, womit er wieder ins Büro ging. Als er eintrat, stand der Besucher in Erwartung mit dem Rücken zum Fenster und hielt einen schiefergrauen Regenmantel vor sich in den Händen. Er war von mittelgroßer Statur, eher schmalen Konturen und trug einen etwas abgetragenen Dreiteiler von konservativem Zuschnitt mit einem weinroten Einstecktuch in der Brusttasche. Sein dunkles, leicht gewelltes, schon ausgedünntes Haar war nach hinten gekämmt, sorgfältig geschnitten und unterstrich sein korrektes Aussehen. Hinter der randlosen Brille blickten wasserblaue Augen voller Neugier und Anteilnahme auf die Welt, wobei die Augen auffallend von dunklen Ringen untermalt waren, die auf Erschöpfung oder mangelnden Schlaf schließen ließen. In diesem Moment allerdings blickten sie hoffnungsvoll auf den eintretenden Arco.

Dieser stellte das Tablett auf dem Schreibtisch ab, ging auf seinen Besucher zu und bot ihm die Hand:

„Habe die Ehre, Herr Rutkowski, freue mich, Sie wieder einmal begrüßen zu dürfen. Sie entschuldigen meine Verspätung, aber Sie kennen das ja, ‚Arbeit den Mann ernährt, Faulheit ihn verzehrt‘. Sie sehen müde aus, wenn ich mir die Bemerkung erlauben darf.“ Er lachte aufmunternd.

Herr Rutkowski hatte sich bei den Worten Arcos leicht verbeugt, um damit seiner Genugtuung Ausdruck zu verleihen, mit einem Sprichwort empfangen worden zu sein. Er arbeitete nämlich seit Jahren an einem privaten Institut für Parömiologie, der Wissenschaft von den Sprichwörtern, in diesem Fall von russischen Sprichwörtern, das von einer slawophilen Stiftung mehr schlecht als recht am Leben erhalten wurde. Eine Arbeit, die ihn nicht zur Gänze ausfüllte, wie man bedauerlicherweise hinzufügen muss, und es ihm nahegelegen sein ließ, sich zusätzlichen Aufgaben zu widmen. Weiterhin bedankte er sich in gesetzter Rede, dass Arco die Zeit gefunden habe, sich seiner und seines Anliegens anzunehmen.

„Überaus erfreulich, wie ich betonen möchte, denn mir schwebt einiges vor… Sie werden sehen. ‚Geduld und eine fleißige Hand, bringen vieles zustand‘.“ Er lächelte voller Bescheidenheit.

„Aber bitte, Herr Rutkowski, ich bitte Sie, Platz zu nehmen…“

Woraufhin sich dieser in dem Besuchersessel einrichtete, den Regenmantel über den Schoß legte und die Beine übereinanderschlug. „Möglicherweise regnet es heute noch, wer kann es wissen.“

„Ein Kaffee, wenn Sie möchten… bitte, nehmen Sie.“

Arco vollführte eine einladende Geste und ging auf den vermuteten Regenguss nicht ein. Es war eine der Gewohnheiten Rutkowskis, auf einen bevorstehenden Regen hinzuweisen, völlig unabhängig von der eigentlichen Witterungslage.

„Ergebensten Dank… ich bin so frei." Rutkowski griff zögernd nach der Tasse. „Um der Wahrheit die Ehre zu geben, bevorzuge ich in aller Regel Tee… wir sind nun mal Teetrinker." Er öffnete resignierend beide Hände, nachdem er die Tasse abgestellt hatte, was so viel heißen mochte, so sei das eben, und viel ließe sich daran nicht ändern. Eher nichts. „Kaffee ist mehr etwas für Nervöse und…", fügte er hinzu, „er treibt den Puls und drängt den Menschen, sich zu überhasten… aber zuweilen mache ich gerne eine Ausnahme." Er lächelte mild.

Arco erwiderte das milde Lächeln seinerseits. „Soll ich Ihnen lieber einen Tee…?"

„Ich bitte Sie, nur keine Umstände… wir trinken jetzt Kaffee und lassen unseren Puls ein wenig beschleunigen… was uns vielleicht guttun wird, zumal ich ein wenig matt bin."

Arco hielt sein mildes Lächeln aufrecht. „Herr Rutkowski, was führt Sie zu mir… was kann ich für Sie tun? Aus Ihren Andeutungen am Telefon bin ich, offen gesagt, nicht schlau geworden."

Nun ja, mein lieber Arco… ich glaube, wir hatten uns darauf geeinigt, dass ich Sie Arco nennen darf…?"

„Nur zu, mein lieber Herr Rutkowski, Arco ist gleichsam mein Künstlername, oder wenn Sie es französisch haben wollen, was die Sache besser trifft, mein nom de guerre… ich bin es gewohnt, so angeredet zu werden." Er griff nach seinen Zigaretten und zündete sich eine an, den Rauch blies er in Richtung seines Gegenübers, doch bevor die Schwaden ihn erreichten, fielen sie in sich zusammen.

Herr Rutkowski holte tief Luft, die er mit einem Seufzer durch die Lippen entließ und begann: „Nun ja, lieber Arco, ich komme heute mit einem Anliegen zu Ihnen in der Hoffnung, bei Ihnen auf Verständnis zu stoßen und Unterstützung zu finden. Ich weiß, Sie sind jemand, der sich um Dinge kümmert, um die sich sonst niemand schert. Ich weiß, Sie haben einen… wie soll ich mich ausdrücken… eine gewisse Bereitschaft, sich Problemen anzunehmen, die ein wenig im Abseits liegen und der allgemeinen Aufmerksamkeit entgehen. Es handelt sich um eine - zugegebener Maßen - ungewöhnliche Angelegenheit, die nicht so ohne weiteres in knappen Worten darzustellen ist. Ich weiß nicht recht, wenn ich offen sein darf, wie ich beginnen soll, um Ihnen den Sachverhalt zu erläutern."

Er zupfte an seinem Regenmantel, kniff die Lippen zusammen und blickte schräg an Arco vorbei ins Leere, um dann fortzufahren. „Es handelt sich um ein weit verbreitetes Übel, von dem ich nicht hoffen kann, dass Sie es in all seinem Umfang abstellen werden können. Beim besten Willen nicht, aber nein… doch wenn es gelänge, es zumindest lokal einzudämmen, wäre es schon ein schöner Gewinn. Möglicherweise könnte es sogar der Beginn…. Das Schnarchen, verehrter Arco, wird überschätzt. Ich meine das Schnarchen als Grund für Schlafstörungen…"

„Was meinen Sie, wenn Sie lokal sagen?", unterbrach ihn Arco.

„Was?", Rutkowski war irritiert, fing sich dann aber

schnell, „mein Bett… von meinem Bett in meiner Wohnung spreche ich."

Er fuhr fort mit seinen Erklärungen. „Das Schnarchen wird allgemein anerkannt und erfreut sich großer Anteilnahme. Gut, warum nicht… es wird mit großer Rücksichtnahme behandelt. Es gibt Schlaflabore, die sich dessen annehmen. Den Verursachern dieser nächtlichen Geräusche werden dort die Schädel mit Elektroden gespickt, und man hält sie nächtelang unter Beobachtung, um herauszufinden, was sie zu diesem Schwall an Geräuschen antreibt. Und den Partnern der Schnarchschläfer wird ebenfalls viel Aufmerksamkeit gewidmet. In Blättchen aller Art, vom Gesundheitsmagazin bis hin zu Werbezeitungen, von der Apothekenrundschau bis zu ungezählten Fernsehsendungen, gibt es Ratschläge und Tipps, wie man seine Nächte neben dem Schnarchenden am besten einrichtet, ohne allzu viel Schaden zu nehmen… Aber ich bin da anderer Meinung. Ich bin vielmehr der Meinung, dass das Schnarchen als allgemein nächtliche Störung, die einen geruhsamen Schlaf verhindert, dass das Schnarchen als solches eher eine Randerscheinung bildet im Vergleich zu anderen Störfaktoren…. anderen Störfaktoren, die in der Öffentlichkeit viel zu wenig bekannt sind, weil ein jeder sie für eine vereinzelte, private Erscheinung in seinem Bett hält, die niemanden etwas angeht. Dem ist aber nicht so."

Hier räusperte sich Rutkowski, woraufhin er seine Stimme senkte, um dem Gesagten etwas Unumstößliches zu verleihen. „Ich habe eine Reihe von Freunden und Bekannten in letzter Zeit befragt, und bei allen, aber auch bei allen, traten in unterschiedlichen Gewändern und unterschiedlicher Intensität ähnliche Phänomene des

Nachts auf. Phänomene, wenn ich mich so allgemein ausdrücken darf, bevor ich sie im Einzelnen aufschlüsseln will, Phänomene, die sie um beträchtliche Strecken ihres Schlafes bringen."

Rutkowski legte eine Pause ein, schichtete seinen Regenmantel auf seinem Schoß zurecht und griff nach seiner Tasse, um sie zu seinem Mund zu führen. Arco musterte ihn und versuchte dahinterzukommen, worauf Rutkowskis Ausführen hinauslaufen würden. Rutkowski war ein Kauz, ohne Frage, umso schwieriger war es, zu erahnen, wohin ihn seine krausen Gedanken führen wollten.

„Ich darf es ein wenig verdeutlichen", nahm Rutkowski den Faden wieder auf.

„Ich bitte darum", sagte Arco.

„Sie müssen sich vorstellen, dass sie dann neben mir im Bett sitzt und anfängt, Gedichte auswendig zu lernen…"

„Wer sitzt neben Ihnen im Bett?"

„Natascha… meine Frau." Rutkowski warf Arco einen Blick zu, der wohl heißen sollte, wie man nur eine derart dumme Frage stellen könne, wer denn da neben ihm im Bette sitzen solle.

„Sie macht das seit langer Zeit. Sie hat sich jetzt den ‚Faust' vorgenommen."

Er blies die Backen auf und entließ dann erneut einen Stoßseufzer.

„Zuvor versuchte sie sich wenigstens an Anna Andrejewna Achmatowa, deren Poeme ich am meisten schätze. Möchten Sie eines hören?"

Als Arco nickte, schloss Rutkowski in höchster Konzentration entrückt die Augen, schnalzte mit den Lippen und deklamierte, während er die einzelnen Wörter mit rhythmischen Bewegungen der Hand begleitete.

„Hör das Lied der letzten Begegnung.
Völlig dunkel das Haus vor mir stand,
nur im Schlafgemach, gelb, ohne Regung,
haben gleichgültig Kerzen gebrannt."

Schön, nicht wahr? Aber bedenken Sie, dass ich eigentlich schlafen und nicht Gedichte lernen wollte." Er räusperte sich erneut. „Sie hat das in meiner Einschlafphase vor sich hin geflüstert… so lange bis ich es dann auswendig konnte… irgendwie bin ich ihr auch dankbar… Vor allem verglichen mit dem, was sie mir zuvor präsentierte. Kennen Sie von Maxim Gorki ‚Der Sturmvogel'? Nein…? Na, seien Sie Ihrem Schöpfer dankbar. Mir hat Natascha die Ballade in heiserem Flüsterton aus gepresster Brust oft im Halbschlaf vorgetragen. Warten Sie, ich versuch' es:

Ob der grauen Meeresebene schart der Wind Gewölk zusammen.
Zwischen Wolken und Gewässern gleitet stolz der Sturmverkünder,
einem schwarzen Blitz vergleichbar…"

Er brach mit dem Ausdruck straken Widerwillens ab.
„Sehen Sie, kann ich jetzt ebenfalls auswendig. Wollte es gar nicht… bin allerdings dazu genötigt worden, was nicht in meinem Sinn ist."
Er zwinkerte und bekam einen trotzigen Ausdruck. „Ich habe mich dann vehement dagegen verwehrt, bestand darauf, schlafen zu wollen, woraufhin sie, also Natascha, zu der Achmatowa gewechselt hat, die mir von jeher na-

hesteht, was sie natürlich wusste und worauf sie baute und gegen die ich zunächst nicht wagte, Einwendungen zu erheben. Doch dann…", der trotzige Ausdruck nahm deutlich an Intensität zu, „dann kam der ‚Faust' an die Reihe. Sie beginnt erst die Zeilen lautlos zu lesen, vergisst aber mit zunehmender Dauer, wo sie ist, und gibt sich ganz den Versen hin, wobei sich sacht um sacht, nach und nach ihre Lippen öffnen und die Wörter in Tonfolgen eingehüllt, ihren Mund verlassen. Zunächst noch flüsternd, aber bald darauf in gedämpften, aber deutlich vernehmbaren Lauten…

‚Ihr naht euch wieder, schwankende Gestalten, die früh sich einst dem trüben Blick gezeigt…'"

Rutkowski hob die Faust und schlug mit ihr in die Fläche seiner anderen Hand. „‚Jetzt ist Schluss', rief ich, ‚das Gedichtlernen ist eine lobenswerte Sache, aber nicht zur Schlafenszeit bei halblautem Gemurmel'. Ich gab ihr eine Zeit vor, bis zu der sie sich ihren Gedichten widmen könne und danach ist Sense." Rutkowski zeigte eine überaus entschlossene Miene, der zu entnehmen war, dass er hier mit sich nicht weiter spaßen ließe.
„Und dann?", wunderte sich Arco, „wo ist das Problem? Natascha scheint doch klein beigegeben zu haben und hat Sie schlafen lassen?"
„Eben nicht!"
„Nicht?"
„Nein." Er schüttelte heftig den Kopf. „Eben nicht… jetzt kommt erst die Hauptsache. Sie legt zwar den Gedichtband zur Seite, greift aber sogleich zu ihrer nächsten Lektüre, zu ihrer Nachtlektüre, die sie des Abends

im Bett zu lesen pflegt… vor dem Einschlafen… vor ihrem Einschlafen, wohlgemerkt. Ein Kriminalroman oder Ähnliches. Sie wendet mir dann den Rücken zu… ihre Nachttischlampe ist mit einem Tuch abgeschirmt, was sehr rücksichtsvoll ist, denn auf diese Weise liege ich auf meiner Seite im Dämmrigen und könnte mich in Morpheus Arme sinken lassen… könnte! Aber nach einigen Minuten seliger Stille horch ich auf. Ein Geräusch lässt sich vernehmen, ein schabendes, scharfes Geräusch, das durch das Entlangschleifen einer Buchseite an der Bettdecke entstanden ist. Eine Art Ratschen, wie es bei den Ratschen zur Osterzeit im ländlichen Raum eigen ist, nur, zugegeben ein wenig leiser… aber nicht viel, keineswegs viel leiser. Wie auch immer… Bald darauf ein neues Geräusch, etwas Knisterndes, was wohl entsteht, wenn Finger, nachlässig oder mit wenig Geschick, den Versuch unternehmen, zur nächsten Seite umzublättern. Natascha blättert demnach die Seite um. Das versteht sich, wenn man im Buch vorankommen möchte. Ist also normal, ist vertretbar. Eine kurze Pause tritt ein, sodann scheint sie wieder zurückzublättern, weil sie wohl eine bestimmte Stelle nachlesen möchte, die für den aktuellen Zusammenhang - wahrscheinlich ein nebenher erwähnter Name - von Belang ist, und der ihr entfallen ist. Zurückblättern geht selbstverständlich nicht lautlos von statten, sondern mit heftigem Geraschel, das im Stande ist, Tote aufzuwecken. Eine weitere Pause, die Stille vorgaukelt, bis sie wieder umblättert, mit Schwung umblättert, denn es scheint ein Buch von unerhörter Spannung zu sein, die sie in Atem hält, und sie möchte das Wenden der Seite so rasch wie möglich hinter sich bringen. So geht es weiter. Ruhe herrscht für die knappe Zeit, die sie benötigt, die jeweils beiden aufgeschlagenen Seiten zu lesen, eine Zeit, die aber auch ausreicht, mich an die Grenze des Schlafes zu führen. Doch anstatt die Grenze gnädig zu überschreiten, anstatt ermattet in des Schlafes Abgrund zu sinken, werde ich jedes Mal aufgeschreckt, denn das erneute Umblättern lässt sich knisternd und kratzend vernehmen. Ich nenne das ohne Umschweife Lärmblättern… ich bestehe darauf: Lärmblättern."

Arco sah Herrn Rutkowski mit erstaunten Augen an und wiederholte ungläubig. „Lärmblättern…"

„So nenne ich es jedenfalls", sagte Herr Rutkowski mit gepressten Lippen, „Lärmblättern. Das Umblättern beim Lesen am Abend im Bett verursacht kolossalen Lärm."

Arco blieb zunächst stumm, überlegte eine Weile und fragte schließlich: „Und was wollen Sie jetzt von mir?"

Rutkowski sah ihn an. „Ich möchte Sie bitten, ein Pamphlet zu schreiben."

„Ein Pamphlet?"

„Ja."

„Welchen Inhalts?… Sie werden wissen, was ein Pamphlet ist… was soll da drinstehen?"

„Ich habe mir gedacht, dass Sie das fragen. Ein Pamphlet ist… warten Sie, ich will es Ihnen vorlesen…", Rutkowski griff in seine Jackett Innentasche und holte einen Zettel heraus. ,'Ein Pamphlet oder eine Schmähschrift ist eine Schrift, in der sich jemand engagiert, überspitzt und polemisch zu einem Thema äußert. Die sachliche Argumentation tritt dabei in den Hintergrund; die leidenschaftliche Parteinahme gegen eine Sache hingegen überwiegt bei der Argumentation'."

„Und gegen wen, bitte, soll sich die Schmähschrift richten? Etwa gegen Natascha, Ihre Frau?"

53

„Nein… ich habe es eben vorgelesen. Er geht gegen eine Sache... eine Sache! Es geht gegen das Lärmblättern. Ich schlage den Titel vor: ‚WIDER DAS LÄRMBLÄTTERN – ein Pamphlet‘.

„Wider das Lärmblättern… das habe ich eben richtig verstanden?“

„Haben Sie.“

„Das ist stark, Rutkowski, wirklich stark. Klingt irgendwie nach Luther… so wie“, Arco überlegte und zündete sich eine Zigarette an, blies den Rauch von sich, „so wie, ‚Wider das Papsttum zu Rom‘, meinen Sie sowas in der Art?“

„Es klingt grundsätzlich. Es bezieht Stellung.“

„Und was wollen sie mit dem Pamphlet machen?“

„Ich werde es veröffentlichen… als Handzettel, als Wurfzettel… oder vielleicht kann ich es in einer Zeitung unterbringen… weiß noch nicht genau. Es soll bekannt werden, es soll in die Öffentlichkeit.“

„Ja, und…“

„Hören Sie, Arco, es geht doch nicht nur um mich und Natascha. Ich habe mit einer ganzen Reihe von Menschen gesprochen, einer ganzen Reihe…, die alle von ähnlichen Vorkommnissen in der fraglichen Zeit vor dem Einschlafen berichten… Sie lesen ihre Kriminalromane und rascheln dabei beim Umblättern, dass einem Hören und Sehen vergehen. Manche setzten noch eins oben drauf und essen einen Apfel… Ich weiß nicht, haben Sie das schon erlebt, wenn jemand im Bett neben Ihnen einen Apfel isst…, genüsslich, wobei jeder Bissen knackt und explodiert, als ob ein Gletscher kalben würde… und Sie wollen schlafen?“

„Die Reihe von Menschen, von denen Sie sprechen…

das sind ausschließlich Männer?"

„Gut, ja, das sind Männer..."

„Gerüchte von Männern, die wahrscheinlich selbst schnarchen, nehme ich an."

„Arco, werden Sie nicht zynisch. Wenn jemand schnarcht, kann er nichts dafür. Wenn jemand lärmblättert, geschieht es mutwillig... Das ist ein gewaltiger Unterschied. Im Übrigen ist es nun einmal so, Gerüchte wandern nicht durch den Wald, sondern unter die Leute. Gilt auch für Nachrichten und Erzählungen, überhaupt für alles, was geredet wird... Ich spreche hier von Männern, deren Frauen jeglichem Argument gegenüber taub sind. Sie könnten doch ein E-Book benutzen für ihr nächtliches Lesen... da wird stumm umgeschaltet, aber nein, sie bestehen auf dem Buch aus Papier, erzählen einem was von Haptik und dem Vorzug, etwas Spürbares in der Hand zu halten, dabei meinen Sie in Wirklichkeit etwas, das rascheln kann. Oder sie könnten doch im Lehnstuhl ihren Roman so laut umblättern, wie sie wollen, aber nein, sie wollen es gemütlich haben, wollen im Bett sein... Dann gibt es noch diejenigen, denen es kurz vor dem Löschen des Lichts einfällt, sie hätten dummerweise vergessen, an irgendjemanden das versprochene Rezept zu schicken. Sie nehmen ihr Handy und fangen an zu tippen. Da gibt's Handys, die sondern bei jedem eingetippten Buchstaben einen Ton ab... ein Klacken, das einem durch Mark und Bein fährt... das gibt's. Haben mir Freunde erzählt. Während des hellen Tages fällt das Geklacker nicht weiter auf, in der Nacht wird daraus ein Staccato."

„Sie achten auf alles, was sich muckst, Rutkowski, meinen Sie nicht, Sie übertreiben?"

„'Dazu ist der Hecht im Wasser, damit die Karausche nicht ins Träumen gerät', sagt man bei uns."

„Karausche… hab' ich schon lange nicht mehr gehört. Ist eine Art Karpfen… oder?

Rutkowski nickte. „Bei uns heißt sie Karausche."

„Ich denke, Sie sind weniger der Hecht, Rutkowski, als eher der Mann, der einen Hammer in der Hand hält, und dem deshalb alles wie ein Nagel vorkommt."

„Was ist das?"

„Eine Redensart."

„Aber keine russische."

„Nein, eine amerikanische Redensart… die haben auch Redensarten. Ich bin es ja nicht, der am Institut für russische Sprichwörter arbeitet. Also, worauf soll das Ganze hinauslaufen?"

„Auf ein Pamphlet…"

V.

Flirt in der Tankstelle

Als Max Munro an der großen Tankstelle vorbeifuhr, dem beliebten Treffpunkt mit dem reichen Angebot an Verzehr- und Genussmitteln und dem Bistro mit der Kuchentheke, sah er, dass die Benzinpreise nachgegeben hatten. Er bog in die Einfahrt und steuerte eine der zahlreichen Zapfsäulen an. Er stieg aus, löste den Zapfhahn aus der Halterung, schraubte den Deckel vom Tankstutzen und ließ das Super 95 einfließen. Bei zwanzig Euro stoppte er. Er tankte nie mehr als für dreißig Euro, es sei denn, er befand sich auf Reisen, aber in jüngster Zeit hielt er die Tankuhr schon bei zwanzig an. Auf diese Weise musste er öfters zum Tanken. Auf diese Weise konnte er öfters tanken. Er hätte jetzt auch getankt, wenn die Preise nicht nachgegeben hätten. Er hätte auf jeden Fall getankt. Er kam jetzt alle Nase lang zum Tanken, und neuerdings holte er sich auch paar Bier oder Wein von dort.

Nachdem er den Stutzen wieder verschlossen hatte, begab er sich in Richtung Eingang, hielt jedoch nach einigen Schritten inne, machte kehrt, stieg in sein Auto und fuhr in eine der Parkbuchten. Er wollte vielleicht noch einen Kaffee trinken, und wenn er das täte, wäre sein Wagen in der Parkbucht besser aufgehoben. Er lächelte und überließ sich dem Zauber des Ortes, musste zu seiner Verwunderung feststellen, selbst Tankstellen sind nicht gegen Magie gefeit, und ging durch die Automatiktür vorbei an aufgetürmten Weinpyramiden und Sektkartons zur Kasse. Vier Leute waren vor ihm. Er stellte sich an das Ende der Reihe, und als er das Nahen von Absätzen in seinem Rücken vernahm, die hinter ihm stoppten, drehte er sich unwillkürlich um, nicht eigentlich überrascht, einer fremden Frau in die Augen zu sehen, die ihrerseits verwundert auf seinen Blick reagierte. Er wandte sich wieder um und wartete bis er seine Rechnung begleichen konnte. Nahm den Beleg entgegen und marschierte schnurstracks zum Kuchenbuffet. Ohne lange zu überlegen, bestellte er den Kirschkuchen und einen Kaffee. Nahm beides entgegen, bezahlte und trat an einen der Stehtische, auf dem er Kuchen und Tasse abstellte. Er sah sich ein weiteres Mal um, griff dann nach der Gabel und widmete sich dem Kirschkuchen, trank den Kaffee in kleinen Schlucken. Neben ihm auf der Tischplatte lag das örtliche Anzeigenblatt ‚Marktblick'. Er warf, während er aß, einen Blick auf die Seiten und stutzte, als er im redaktionellen Teil einen Artikel zwischen all den Anzeigen wahrnahm, der fettgedruckt, in großen Lettern, die Überschrift trug:

WIDER DAS LÄSTIGE LÄRMBLÄTTERN

Was das wohl sein mochte… Er zog das Blatt ein wenig näher und begann mit zusammengekniffenen Augen und höchst misstrauisch zu lesen.

„Felsenfest sind wir überzeugt, die Nacht, die Zeit der Dunkelheit und Finsternis, ist nicht zufällig dunkel und finster. Die Nacht – wer immer diese lichtarme Düsternis aufgerufen hat, – die Nacht ist ihrem Wesen nach der Ruhe und dem Schlaf zugetan. Schon in der Genesis heißt es, die Erde aber war wüst und wirr, Finsternis lag über der Urflut. Gott sprach: Es werde Licht. Und es wurde Licht. Gott schied das Licht von der Finsternis und Gott nannte das Licht Tag und die Finsternis nannte er Nacht… und die Nacht, so wollen wir hinzufügen, ist dem Schlaf zugedacht. Jedoch in vielen Betten unserer Republik wird diese Auffassung nicht von allen geteilt…"

„Hallo Munro", sagte sie, als sie an seinen Tisch trat, „wieder einmal getankt oder einfach Appetit gehabt?" Chery stellte ihren Kaffee und Kuchen ab. „Aber Sie scheinen da etwas zu lesen, was Ihnen Sorgen bereitet, so ernst wie Sie gucken… was ist es denn?"

Beim ersten Wort, als sie ‚hallo' sagte, war er von der Lektüre aufgeschreckt und sah sie verwundert an. „Nein… was?" Er lächelte unsicher, konnte aber dann nicht umhin, sein Gefühl zu zeigen. Chery auf einmal neben sich zu sehen, war, als ob eine gute Fee aufgetaucht wäre, und wenn er sich etwas hätte wünschen dürfen, wäre es, mit ihr zusammen, am Tisch bei Kaffee und Kuchen… nur Kaffee und ein Stück Kuchen. Nicht immer werden Wünsche so schnell erfüllt, das ist schon richtig, aber auch nicht immer sind Wünsche so bescheiden, derart bescheiden, dass ihrer Erfüllung wenig entgegensteht.

„Ich war gerade unterwegs und dachte mir, ich sollte mal wieder tanken… und wen sehe ich da zufällig in der Parkbucht stehen…", scherzte sie und strich eine herabbaumelnde Strähne zurück, „wen sehe ich da… M-A-297… ist das nicht Ihr Auto, Munro? Sie wollten nicht noch einmal aufgerufen werden, stimmt's? Da haben Sie gleich geparkt… um vorzusorgen."

Er lächelte verlegen und nickte. „Sie merken sich Autonummern…"

„Nicht immer… aber Ihre haben Sie einmal im Büro bei Arco genannt, dann habe ich sie im Brief an Namgung Motors geschrieben und hier ist sie das letzte Mal laut aufgerufen… also wie soll ich sie mir da nicht merken…", sie hob fragend die Schultern und öffnete beide Hände, „oder was glauben Sie?"

„Ich weiß nicht", sagte er, „wenn Sie jetzt aufgerufen werden, merke ich mir Ihre Nummer auch."

„Ich werde nicht aufgerufen. Ich habe mir ein Beispiel an Ihnen genommen und geparkt… schließlich will ich doch hier in Ruhe mit Ihnen Kaffee trinken."

„Gut… machen wir das… trinken wir in Ruhe Kaffee… zusammen."

„Sind Sie denn ruhig, Munro?" Sie sah ihn amüsiert an, um ihren Mund spielte ein Lächeln.

„Ach Chery, ich weiß gar nicht, ob Sie wirklich wollen, dass ich ruhig bin, wenn Sie in meiner Nähe sind… mir scheint eher, Sie sind darauf aus…", er hielt inne und verzog den Mund, „mich zu charmieren… ja?"

„Worauf soll ich aus sein?" Sie mimte Erstaunen bei ihrer Frage. „Wie soll denn das gehen?"

„Nun, wenn es Ihnen Spaß macht…"

Sie runzelte die Stirn. „Kommen Sie Munro, natürlich machen wir Spaß… was soll's… so kommt man sich näher… ganz allgemein, meine ich… doch nicht mit Trübsal."

„Der Ellbogen ist auch nah, aber reinbeißen geht nicht."

Er hatte das mit aufkommendem Eigensinn in der Stimme gesagt und machte nicht den Eindruck, es allzu spaßig gemeint zu haben.

Sie sah ihn befremdet an und deutlich kühler und leiser sagte sie. „Sie haben aber komische Vergleiche… in den Ellbogen beißen, nein wirklich…" Sie rührte für Momente in ihrer Tasse und blickte über ihn hinweg, blieb an irgendeinem Gegenstand im Bistro hängen, kehrte dann zu ihm zurück. Sie wechselte ihren Ton, hörte sich wieder leicht an. „Was haben Sie da gerade gelesen… schien Sie zu fesseln."

Erleichtert sich etwas Konkretem zuwenden zu können, ging er sogleich auf ihre Frage ein, wollte er doch seine Umgänglichkeit unter Beweis stellen und sagte: „Ach, ich weiß nicht… hier das Anzeigenblatt ‚Marktblick'…" Er zog das Blatt zu sich. „Da ist ein Artikel… ich habe noch gar nicht richtig lesen können… hatte gerade angefangen… hören Sie mal… allein die Überschrift ‚Wider das lästige Lärmblättern'. Klingt eigenartig, finden Sie nicht? Sagt Ihnen das was?"

Chery warf ihren Kopf zurück und brach in Gelächter aus, wobei sich zwei Haarsträhnen lösten, die um ihre Wangen pendelten. „Und ob", antwortete sie, „und ob mir das was sagt… schließlich haben wir den Text geschrieben… kommt aus unserer Küche." Munro sah Chery verdattert an, „aus Ihrer Küche… Sie meinen, den Artikel haben Sie geschrieben?"

„Haben wir", sagte sie, „im Auftrag eines Kunden."

„Was in aller Welt wollte der Kunde?"

„Sie sind doch verheiratet, Munro…", sie deutete ein maliziöses Lächeln an, als sie ihn das fragte, „wenn ich mich recht erinnere, war es Ihre Frau, die Ihnen aus dem Auto helfen musste, als die Tür sich nicht öffnen ließ… war es nicht so?"

Munro schaute gequält drein. „Was hat das denn damit zu tun, ob ich verheiratet bin…"

„Was macht denn Ihre Frau abends im Bett… bevor sie einschläft, meine ich?"

„Wie bitte?"

„Munro, seien Sie nicht albern… ich frage Sie einfach nur, was Ihre Frau macht, bevor sie beide einschlafen… ich meine nicht irgendetwas aus Ihrem Intimleben. Das geht mich nichts an… ist doch selbstverständlich. Gut, Sie sind noch jünger als Rutkowski… aber bevor sie einschlafen, wenn sie beide nicht Ihr Intimleben praktizieren… das meine ich nicht, um Gottes Willen… was macht da Ihre Frau im Bett… löst sie Kreuzworträtsel, salbt sie sich die Füße, liest sie, lernt sie Gedichte, isst sie noch einen Happen, blättert sie in Zeitschriften… hmm?"

„Ich weiß es nicht."

„Sie wissen es nicht?"

„Wir haben getrennte Schlafzimmer."

„Ich verstehe… schon immer?"

„Nein… seit ein paar Jahren. Sie fing an im Bett vor dem Einschlafen zu lesen. Das heißt, sie hat das immer schon getan, aber sie zog dann das Lesen immer weiter in die Länge... es wurde immer später. Hört sich an, als ob es eine ruhige Beschäftigung sei…" Er sah Chery fragend an.

„Hört sich so an… zugegeben."

„Aber Sie müssten einmal meiner Frau beim Lesen zuhören… nein, nein, Sie liest schon leise, also ohne die Lippen zu bewegen, aber beim Umblättern produziert sie ein Schaben, ein Kratzen, ein Rascheln, das zu überhören nicht jedem gegeben ist… sie schleift beim Umblättern jedes Mal mit den Seiten entlang der Bettdecke. Chrrrsch… Dieses Geräusch kann man nicht überhören. Wir haben uns dann geeinigt, in getrennten Zimmern zu schlafen."

Chery sah Munro fassungslos an. „Das hätte ich nicht gedacht… das hätte ich nicht für möglich gehalten", stieß sie hervor, „bei Ihnen auch… hat der quere Rutkowski doch recht mit seiner Annahme, dass es sich hierbei um ein weitverbreitetes Geschehen handele."

„Wer ist denn Rutkowski… warum erwähnen Sie den? Ist das der Kunde, von dem Sie sprachen? Und was soll der Artikel?"

„Rutkowski ist der Kunde… in der Tat, das ist er." Chery stand von ihrem Sitz auf. „Ich muss gehen", sagte sie, „Rutkowski ist der Mann mit dem Regenmantel. Wenn Sie jemanden sehen, der einen Regenmantel in der Hand hält, dann ist es Rutkowski. Er bat uns, den Artikel zu verfassen. Es sollte ein Pamphlet werden, und er hofft, seine Frau würde es in der Zeitung lesen und dann glauben, sie sei damit gemeint." Chery dämpfte ihre Stimme, neigte sich vertraulich hin zu Munro und flüsterte hinter vorgehaltener Hand. „Sie müssen wissen, Rutkowskis Frau raschelt des Abends im Bett beim Lesen, und er will, dass sie mit dem Rascheln aufhört… Vielleicht geben Sie Ihrer Frau auch den Artikel zu lesen, damit sie weiß, dass sie ein Teil der Raschelei ist…", sie pausierte kurz, beugte sich noch ein Stück näher zu Munro und wisperte, „und wir sind dahintergekommen. Es ist publik geworden."

Sie richtete sich auf und sagte laut, während sie schon im Begriff zu gehen war. „Bis zum nächsten Mal, und passen Sie auf ihre Bienen auf."

VI

Sabrina und das Kunststück

Es war heller Vormittag, als Arco die Eingangstür aufschloss, sich ein wenig benommen nach Chery umsah, die nicht da zu sein schien, zur Garderobe schritt, um seinen Hut aufzuhängen. Allerdings verfehlte er beim ersten Versuch den Haken, beim zweiten gelang es. Gestern war es spät geworden, später als er es sich heute Morgen gewünscht hätte. Aber es geht nicht um die Wünsche am Morgen, sondern um das, was man am Abend tat. Es war nicht das erste Mal, dass es später geworden war, und es würde auch nicht das letzte Mal sein. Er suchte nach Aspirin, fand Brausetabletten im Wandschrank, nahm ein Glas Wasser, in das er die Tablette fallen ließ, ihr beim Auflösen zuschaute, und nachdem er sich selbst zugeprostet hatte, trank er. Er schüttelte sich und fragte sich, wann er denn endlich in der Lage sein werde, eine Schachtel Aspirin zu Hause vorrätig zu haben. In der Kaffeemaschine war Kaffee, nicht mehr ganz frischer Kaffee, aber daran nahm er keinen Anstoß. Er goss sich eine Tasse ein und begab sich in sein Büro. Die Bürotür war angelehnt, was ihn stutzig machte und weshalb er kurz innehielt. Er schob die Tür langsam auf, und sein Blick fiel auf eine Dame, eine sehr elegante Dame, soweit er es erkennen konnte, die auf dem Besucherstuhl saß. Die Jalousien waren heruntergelassen, die Lamellen jedoch schräg gestellt, so dass die Sonnenstrahlen in Längsstreifen in den Raum fielen und die Dame zu scannen schienen.

„Holla", sagte Arco, „wen haben wir denn hier?" Er ging zu seinem Platz, wo er die Tasse abstellte, ging dann zu den Fenstern, um die Jalousien zur Hälfte hochzuziehen und kippte zusätzlich noch die Fenster.

„Das habe ich mich auch gerade gefragt", ließ die Dame sich vernehmen, deren Kopf im Streifenschatten verblieben war, während ihr Körper in Sonnenlicht getaucht wurde.

Arco setzte sich und betrachtete sein Gegenüber, sein überraschendes und ausnehmend ansehnliches Gegenüber, fügte er in Gedanken hinzu. Sie trug ein Pepita- oder Hahnentritt-Kostüm, den Unterschied zwischen den beiden Mustern vermochte er nicht zu sagen, sehr elegant mit schwarz eingefasstem Kragen und einem tiefen, spitz auslaufenden Ausschnitt. Darunter eine Chiffonbluse oder etwas in der Art… weiß würde er tippen, aber Chery hatte ihn kürzlich belehrt, dass einfach weiß nicht angehe, weil es nie einfach weiß ist. Man würde off-white sagen, damit bliebe offen, um welch ein Weiß es sich handele. Bei off-white bliebe das Weiß offen… haha… ist gut… Eine Blondine, und Arco hatte das Gefühl, die Dame würde alles, was man mit diesem Begriff assoziierte, zur rechten Zeit auszuspielen wissen. Ihr Haar trug sie halblang, glatt, ohne Wellen oder Schwünge, aber mit dezent eingefärbten Strähnen, in der Mitte gescheitelt. Eine Kette mit einem Dreigestirn gefasster, schwarzer Steine, das über ihrem Dekolleté lag. Sie taxierte ihn ihrerseits aus blaugrauen Augen, mit Blicken, deren Wirkung durch nichts gemildert wurde. Ihr Parfüm hauchte ihn an. Er kam nicht auf den Namen, den Namen des Parfums.

„Wie sind Sie denn hier hereingekommen, wenn ich fragen darf?"

„Ihre Mitarbeiterin hat mich eingelassen... eine sehr attraktive Dame im Übrigen... und sehr höflich..., was man von Ihnen nicht unbedingt sagen kann... ich meine, dass Sie höflich sind."

Arco überging das Kompliment. „Und wo ist sie jetzt?"

„S i e fragen m i c h, wo Ihre Mitarbeiterin ist?"

„Na ja, wenn sie Sie hereingelassen hat, muss sie doch hier gewesen sein... und jetzt ist sie nicht mehr..."

„Man hatte mir gesagt, Sie sollen sehr tüchtig sein, was Ihre Arbeit angeht und jetzt fragen Sie mich, wo Ihre Mitarbeiterin abgeblieben ist. Das wirft kein gutes Licht auf Sie."

‚Sie hätte bei dem Satz wenigstens lächeln können', dachte Arco, ‚warum tat sie das nicht... Blondinen lächeln sonst viel'. Er fuhr sich mit der Hand durchs Haar und versuchte sich selbst an einem Lächeln.

„Möchten Sie vielleicht einen Kaffee... ich würde Ihnen einen bringen, da ja sonst niemand im Haus ist, wie Sie inzwischen wissen?

„Ein Glas Wasser wäre nett. Geht das?"

„Aber ja." Er stand auf. ‚Das war doch schon mal ein Entgegenkommen, das nachgeschobene ‚geht das'... wird schon, wird schon...', redete er sich auf dem Weg zur Küche gut zu. Er nahm Wasser aus dem Kühlschrank, griff nach zwei Gläsern und kehrte ins Büro zurück. Nachdem er der Besucherin eingegossen hatte, füllte er sein Glas, setzte sich und trank es in einem Zug aus.

„Sie scheinen mir ein wenig lädiert", sagte sie und nippte

an ihrem Glas, wobei ihr Blick auf ihn gerichtet blieb.

Arco nickte. Er registrierte mit Genugtuung das Aufschimmern einer Emotion, auch wenn es Sarkasmus war. ‚Sarkasmus ist gut', dachte er, ‚damit komme ich zurecht'. Er sah sie an, tippte mit dem Finger auf die Tischplatte. „Darf ich wissen, wer Sie sind?"

„Selbstverständlich dürfen Sie das", sagte sie, „aber ich zöge es vor, wenn Sie sich erst einmal vorstellen." Sie hob ihre Brauen um eine Winzigkeit an.

Arco erhob sich zu halber Höhe aus seinem Stuhl, stützte sich dabei auf den Armlehnen ab und sagte, wobei er sich knapp verbeugte: „Arco"

„Arco… und weiter?", fragte sie

„Nur Arco, nennen Sie mich Arco", er griff nach seinen Zigaretten und fingerte eine aus der Schachtel. „Erlauben Sie?"

„Der Anstand gebietet doch, mir auch eine anzubieten… meinen Sie nicht?"

„Oh, natürlich", er hatte wirklich einen schlechten Start diesen Morgen erwischt, „es ist ungewöhnlich, dass Damen rauchen… entschuldigen Sie bitte." Er reichte ihr die Schachtel und sie nahm sich mit schlanken Fingern, deren Nägel blassrosa lackiert waren, eine Zigarette heraus. Er reichte ihr Feuer, war dabei aufgestanden und setzte sich dann wieder, um die seine anzuzünden.

Sie zog an der Zigarette, inhalierte aber nur oberflächlich und blies den Rauch langsam aus. „Dann nennen Sie mich Sabrina."

„Sabrina… und?"

„Nur Sabrina. Das reicht fürs Erste."

„Gut Sabrina, dann lassen Sie uns mal loslegen. Was führt Sie denn zu mir?" Er schob den Aschenbecher in die Mitte.

„Es wird noch etwas dauern, bis wir zu diesem Punkt kommen. Vorher möchte ich mich mit Ihnen ein wenig unterhalten, wenn Sie keine Einwände haben." Sie sah ihn fragend an, auf ihren Lippen, blassrosa geschminkt, flackerte etwas. ‚Sie lächelt', dachte er sich, ‚sie lächelt oder versucht es zumindest'.

„Natürlich", sagte er, „lassen Sie uns miteinander ins Gespräch kommen. Womit fangen wir an… am besten fangen wir damit an, Sie erzählen mir, weshalb Sie hier sind."

Ihr Lächeln, oder der Ansatz eines bevorstehenden Lächelns verschwand. „Womit verdienen Sie ihr Geld, Arco? Sagen Sie mir es. Soviel ich weiß, bearbeiten Sie kuriose Fälle aller Art, ungewöhnliche… Sie nehmen Fälle an, die durch alle gängigen Raster fallen… oft honorarfrei. Aber womit verdienen Sie Ihr Geld. Wer bezahlt Sie?"

Arco ruckte auf seinem Stuhl, straffte sich. Er war immer bereit, Auskunft zu erteilen, wenn jemand daran gelegen war. Wer fragt, soll eine Antwort bekommen, war sein Prinzip, also würde er antworten.

„Sie sehen mir nicht aus, als ob Sie von der Steuer sind… selbst wenn… mir wäre das völlig gleich." Er kicherte und trank von seinem Kaffee und schaute dabei über den Rand der Tasse auf sie. „Ich suche mir meine Fälle, wie Sie das nennen, aus. Es sind meist Situationen, in die Menschen, Menschen verschiedenster Art, geraten, und die dann Hilfe in irgendeiner Form suchen. Oft sehr skurrile Sachen. Da haben Sie Recht, dass sich damit nichts verdienen lässt. Das ist mein Steckenpferd, das ich reite", er lächelte breit, „Andere kaufen sich eine Yacht oder Häuser an der Copacabana oder sonst wo… oder hängen sich für ihr Geld etwas an die Wand… Reitpferde, was weiß ich…, also nicht an die Wand, die Reitpferde… die gehören in den Stall." Er lächelte, sie nicht. „Ich leiste mir dieses Büro. Das ist mein Hobby. Ich hole mir die condition humaine in mein Büro. Ich verfüge über ausreichend Mittel, um mir das leisten zu können und ich sage Ihnen, es macht mir ungeheuren Spaß. Ab und zu nehme ich… übernehme ich einen Fall… ja, das ist dann sowas wie ein Fall, den ich mir bezahlen lasse. Das ist in der Regel nicht ganz billig für den Kunden. Wenn es um Geld geht, verlange ich meinen Teil, aber ich bin nicht darauf angewiesen."

„Auf Ihrer Homepage", sagte sie, „finde ich ‚bitterbösebriefe.de'… das ist was?"

„Ja, können Sie von mir haben… jederzeit. Ich führe eine Art Schreibbüro… und wenn mir die Sache zusagt, schreibe ich Briefe, die schon mal heftig zulangen… mit der Betonung auf, wenn mir die Sache zusagt."

„Ein Schreibbüro?"

„Ja, ein Schreibbüro oder Schreibagentur, wie Sie wollen."

„Außerdem führen Sie eine Inkassolizenz auf, die Sie haben…" Sie knickte ihre halbgerauchte Zigarette im Aschenbecher aus.

„Nutze ich selten… niemals bei Habenichtsen… aus Prinzip."

„Sodann verweisen Sie auf die ‚Ermittlungsagentur mit Schwerpunkt Inventarbetrug'?"

„Ja, das auch… das lassen wir mal so stehen, oder interessiert Sie das in eigener Sache? Ich bin da ziemlich gut."

„Nein, eigentlich nicht… haben Sie eine Lizenz dafür?

„Nein… keine Lizenz. Ich fühle mich dann freier… muss mich dann nur an die Gesetze halten", er lachte kurz, „ist nur Spaß." Kurzer Blick zum Fenster hin. Er lehnte sich zurück. „Warum wollen Sie das wissen?"

„Ich will nur wissen, wie das bei Ihnen so läuft."

„Ich sage Ihnen ganz klar, meine Favoriten sind Kuriositäten… Besonderheiten, die Menschen im Gepäck haben… und wenn das Gepäck zu sperrig ist, um damit durch die Tür zu kommen, sehe ich zu, was sich machen lässt. Sie würden sich wundern, womit alles die Leute zu mir kommen… Sie würden es nicht glauben." Er schüttelte den Kopf und machte mit der Hand eine wegwerfende Bewegung.

„Nun, ich nehme eher an, S i e werden sich erst wundern, wenn Sie erfahren, womit ich zu Ihnen komme." Jetzt lächelte sie. Sie lächelte, nachdem sie es gesagt hatte, und ihr Lächeln war keinesfalls auf ihren Mund beschränkt, breitete sich über das gesamte Gesicht aus, ließ dort an erdenklichen Stellen Lachfältchen und Grübchen entstehen und griff auf ihre Augen über, die blau-grau aufschimmerten. Eine Wandlung ohnegleichen.

Arco war beeindruckt und war auf der Hut. Sabrina machte auf ihn nicht den Anschein, als ob sie leere Sprüche zum Besten geben würde. Er drückte die Zigarette aus, nachdem er einen letzten Zug genommen hatte, und war gespannt, was sie ihm präsentieren werde.

Sabrina wechselte ihre Sitzposition, schlug erneut die Beine übereinander, was ihn auf einige Vorzüge ihrer Erscheinung aufmerksam machte… machen musste. Ging gar nicht anders.

„Sie wollen gar nicht wissen, wer mich empfohlen hat?" Sie sah ihn fragend an.

„Nein, eigentlich nicht… das beeinflusst nur… Wenn der, der Ihnen den Tipp gegeben hat, unangenehm ist, fällt das vielleicht auf Sie zurück und ich halte Sie dann für unangenehm… wäre doch schade."

„Aber wenn derjenige, der mich empfohlen hat, ein Netter ist?"

„Dann kann es sein, dass ich denke, Sie sind auch nett, obwohl Sie es gar nicht sind... wie immer man es dreht... ich verschaffe mir zu Beginn ganz gerne meinen eigenen Eindruck."

Sie nickte. „Ich verstehe." Sie ließ ihren Blick umherwandern und schien zu überlegen, wie sie am besten anfing. „Sagen wir mal so... ich führe eine Galerie... eine Galerie für moderne Kunst. Zum Teil sehr moderne Sachen. Jeff Koons und..."

„Haben Sie den Hasen oder den Hai...?

Sie stoppte und sah ihn an, wie um ihn einzuschätzen. „Arco, verstehen Sie etwas von moderner Kunst?"

„Nicht besonders... nein... nichts, womit ich mich rühmen könnte... also entschuldigen Sie bitte."

„Scheint mir auch so... also dann... der Hai, der Tigerhai, den Sie ansprechen ist von Damien Hirst und nicht von Jeff Koons. Der Hai wurde in einem Glaskasten in Formaldehyd eingelegt. Dann nach einiger Zeit war er verwest und ist durch ein neues Exemplar ersetzt worden... in der Art kann Kunst auch funktionieren... Das Tier wurde in einem Glaskasten dem Publikum vorgeführt... und das war Kunst... sensationell." Sie zeigte sich jetzt überrascht, richtig gehend erstaunt. „Aber wissen Sie was..., so falsch liegen Sie gar nicht, denn wir werden mit ähnlichen Problemen zu tun haben... ganz ähnlichen. Arco, verfügen Sie über einen ausgeprägten Instinkt... eine Gabe, Dinge vorher zu sehen?"

„Sie meinen, wir haben es in Ihrer Galerie mit verwesenden Tigerhaien in Formaldehyd zu tun?"

„Nein... nicht genau so... nicht in diesen Dimensionen.

Ich will den Vergleich nicht überstrapazieren, aber gewisse Parallelen sind nicht von der Hand zu weisen."

Arco rieb mit dem Finger entlang seines Nasenrückens und geriet ins Grübeln.

„Und dann noch… nur zur Ergänzung. Der Hase bei Jeff Konns ist in Wirklichkeit kein Hase, sondern ein Karnickel. Der Hase gehört nun mal zu Dürer… schon immer zu Dürer."

„Bei Dürer kenne ich mich aus", sagte Arco erleichtert.

Sie stutze, man sah, wie sie überlegte und erneut schien der Anflug eines Lächelns auf ihren Lippen „Ach, daher der Name? Arco? Kommt daher Ihr Name? Von dem Dürer Aquarell von Arco?"

„Ja… ich könnte Ihnen einen Dürerwitz erzählen, wenn Sie daran interessiert sind… habe ich neulich gehört."

„Vielleicht später…" Sie ließ ihn deutlich ihre Abneigung spüren, sich Witze über Dürer anzuhören. „Die Galerie, die ich erwähnt habe, hat ihre Besonderheiten… um nicht zu sagen, ihre Extravaganzen", fuhr sie fort, „und wegen dieser Besonderheiten bin ich hier. Wir müssen sehen, ob Sie der Richtige sind, ob Sie sich in der Lage fühlen, den Dingen den notwendigen Schub zu geben… ob Sie mir behilflich sein können, mein Projekt zu verwirklichen."

„Geht's bisschen deutlicher?"

„Ein Teil der Galerie ist mit Exponaten im Bereich zwischen Kunst und… um es ganz profan zu sagen… Gebrauchsgegenständen angesiedelt, allerdings sind es Gebrauchsgegenstände sehr ungewöhnlicher Art… sehr speziell… und wir nennen sie auch nicht Gebrauchsgegenstände. Das ist ein schmaler Grat, den wir da beschreiten, und die Gefahr die Balance zu verlieren, ist groß. Wir stellen Kunst aus und verkaufen sie… wir stellen aber auch diese Gegenstände aus und wollen sie verkaufen. Es sollen unsere Spezialprodukte werden… Wir wollen uns damit einen Namen machen."

„Hmm", ließ sich Arco vernehmen und rieb mit dem Finger entlang seines Nasenrückens.

„Kennen Sie Kleopatra?", fragte Sabrina.

Arco gab keine Antwort.

„Natürlich wissen Sie, wer Kleopatra ist… wissen Sie auch, was ein Kleopatra-Dildo ist?"

In Arco kam Bewegung. ‚Nun höre sich das einer an', sagte er zur Seite gewandt zu sich, ‚Kleopatra-Dildo'. Er stockte und fuhr sich mit der Hand durchs Haar. „Ich bin weit davon entfernt, mir davon eine genaue Vorstellung zu machen… aber Kleopatra war eine Frau mit vielen Talenten und Vorlieben, von denen nicht wenige bis in unsere Tage überliefert sind. Hat sie nicht in Eselsmilch gebadet, um ihre Haut zu pflegen… ja, hat sie… ist allgemein bekannt. Sie werden mich korrigieren, wenn ich daneben liege…, aber ich denke, sie hat in eine Hülle… oder ein Futteral oder sowas in der Art… sie hat da Bienen eingefüllt… lebendige Bienen… und die Packung dann… das eingeschlossene Bienenknäuel… ihrem… ihrem Schoß zugeführt. Das Kribbeln und Krabbeln der eingesperrten Tierchen hat sie… hat sie wohl als… als angenehm empfunden… ein natürlicher Vibrator, wenn man so will… war ihrer Zeit voraus…"

Sabrina hatte während seiner Erklärung andeutungsweise genickt, um ihm anzuzeigen, er sei auf dem richtigen Weg mit seinen Hinweisen. Bei Arco hingegen hatte sich von seiner Schläfe ein Schweißtropfen gelöst, der nun abwärts strebte und von ihm kurz vor dem Kinn mit einem Wischer abgefangen wurde.

„Warten Sie…, warten Sie mal, Sabrina", sagte Arco, der aufgestanden war, „ich glaube Chery, meine Mitarbeiterin, ist zurück. Wenn ich mich nicht täusche, hörte ich vorhin die Eingangstür… ich will sie mal dazu holen, sie sollte dabei sein… sie kann möglicherweise hilfreich sein." Er verließ rasch den Raum und eilte in die Küche, öffnete den Kühlschrank und griff nach einer Flasche Bier. ‚Hör sich das einer an, Kleopatra-Dildo', sagte er und schüttelte den Kopf.

Als er an Cherys Tür klopfte, trat er gleichzeitig ein, bevor sie überhaupt reagieren konnte und stand auf der Türschwelle. „Sei doch so lieb", sagte er, „und komm' rüber. Da ist eine Dame… ist vielleicht besser, wenn du dabei bist", er schnitt eine Grimasse, „sie will einen Kleopatra-Dildo… du weißt schon, was das ist…? Chery starrte ihn wie aus allen Wolken gefallen an. „Na, dann komm' und hör dir das an…" Er schloss die Tür.

Arco marschierte zurück in sein Büro, die Bierfasche in der Hand und warf Sabrina einen kurzen Blick zu, der wohl besagen sollte, schließlich bin ich hier der Hausherr. Er ging zu seinem Schreibtisch und nahm Platz. Sie saß in perfekter Haltung, betont abwartend ihm gegenüber. Er öffnete die Flasche und goss sich in sein leeres Wasserglas das Bier ein und trank es in einem Zug leer.

„Wirklich, Arco, ich habe selten einen so unhöflichen Menschen getroffen wie Sie."

Er sah sie verdutzt an.

„Zuerst hielten Sie es nicht nötig, sich vorzustellen…", tadelte sie, „um ein Glas Wasser musste ich… na ja, das haben Sie immerhin freiwillig gebracht und um die Zigarette musste ich Sie extra bitten, als Sie vor meinen Augen zu rauchen begannen… und jetzt… jetzt trinken Sie Bier, ohne mir eines anzubieten… ohne zu fragen. Was haben Sie eigentlich für eine Kinderstube genossen?" Sie hatte das gesagt, erneut ohne zu lächeln.

Arco zeigte sich verwirrt. „Tut mir aufrichtig leid… das wollte ich nicht. Es ist nur so, dass ich mir nicht vorstellen konnte, dass eine Dame… eine Dame wie Sie Bier trinkt… und noch dazu am Vormittag… hätte ich nicht gedacht."

„Tue ich aber", sagte sie kühl, „Sie sollten Ihre Menschenkenntnis nicht überschätzen."

„Warten Sie", bemühte sich Arco, „ich besorge Ihnen ein Glas…"

„Das ist nicht nötig… ich nehme das Glas hier." Sie zeigte auf ihr Wasserglas.

„Da ist noch Wasser drin."

„So nehmen Sie es und schütten das Wasser in die Zierpflanze dort hinten… wird ihr guttun."

Arco tat wie geheißen, ging zur Zierpflanze, die tatsächlich etwas verknittert aussah, goss den Rest Wasser in den Topf und füllte dann Bier in ihr Glas und reichte es ihr.

„Danke", sagte sie und lächelte auf ihre andeutungsweise Art. Sie nippte derart gemessen an ihrem Bier, genauso wie sie an ihrem Wasser genippt hatte. Er fragte sich, weshalb sie es überhaupt haben wollte.

Chery trat ein, ohne anzuklopfen. Sie setzte sich in einigem Abstand neben Sabrina auf den zweiten Besucherstuhl und nickte ihr kurz zu. Die drei bildeten nun ein Dreieck. Arco nahm hinter seinem Tisch die Spitze des Dreiecks ein.

„Das ist meine Mitarbeitern Chery", sagte Arco zu Sabrina, indem er auf Chery wies, „Sie haben ihre Bekanntschaft schon gemacht… anderenfalls wären Sie ja nicht hier."

„Chery, das ist Sabrina… ich weiß nicht, ob sich Sabrina bei dir schon mit Namen vorgestellt hat, als du sie herein gelassen hast… du warst in Eile."

Chery sagte, Sabrina habe einen Namen genannt, einen vollständigen Namen. Sei schließlich Vorschrift. Sie schloss nur einmal kurz ihre Augenlider.

„Nur ganz nebenbei, Chery… was ist das für eine Zierpflanze da hinten in der Ecke?" Er deutete in Richtung der Pflanze.

„Ein Papyrus… braucht viel Wasser", sagte Chery.

„Beheimatet in Ägypten, was…?"

„Irgendwo aus der Gegend stammt er."

„Hee, haben wir ägyptische Spiele… also Sabrina… mehr wissen wir nicht, weiß ich nicht, um korrekt zu sein, abgesehen davon, dass sie mit einem, auch für unsere Verhältnisse, ungewöhnlichem Anliegen gekommen ist. Wir sind bei dem Punkt, an dem Sabrina mich fragte, ob ich wüsste, was ein Kleopatra-Dildo sei… und ich habe mein Bestes bei der Beantwortung gegeben." Er sah zum Fenster hin, seufzte und wischte sich dabei über die Wange.

„Und nun geht's weiter… Sabrina, wollen Sie?"

Sabina neigte zu einer angedeuteten Zustimmung den Kopf, sie schien andeutende Gesten über alles zu lieben, straffte sich um eine weitere Winzigkeit und begann geschäftsmäßig. „Ich will noch einmal darauf hinweisen, dass ich eine Galerie für moderne Kunst führe… Innerhalb unsres Gesamtkonzepts, das hier nicht weiter diskutiert werden muss, spezialisieren wir uns auf Erotic-Art, eine, nach unserer Einschätzung, zu sehr vernachlässigte Seite des Kunsthandels. Wir wollen dieses Segment ausbauen. Es kommt uns darauf an, Erotic-Art von jeglichem

Schmuddel-Image fernzuhalten… das hat für uns Priorität… das ist für uns von absoluter Vorrangigkeit, denn nur auf diese Weise können wir ein bestimmtes Publikum ansprechen und ein anderes fernhalten. Daran ist uns gelegen und darauf basiert das Geschäft." Sie hatte das mit Bestimmtheit und dem gehörigen Nachdruck gesagt.

„Wie Sie wissen, ist Kleopatra eine mythische Gestalt", erläuterte sie weiterhin, „ein jeder, und in diesem Fall von besonderer Bedeutung, vor allem jede Frau kennt den Namen, kennt Kleopatra. Allein zur Karnevals- oder Faschingssaison tauchen Hunderte und Aberhunderte Kleopatras in den Tanzsälen und auf den Bällen auf. Ich habe meine Zweifel, ob es eine zweite Person weltweit gibt, eine Person, die vor über zweitausend Jahren gelebt hat und über einen vergleichbaren Bekanntheitsgrad gebietet. Hier setzen wir an. Wie Sie erwähnten, Arco, ist Kleopatra neben ihrer historischen Rolle, neben ihren spektakulären Verhältnissen mit Cäsar und Mark Anton, uns vor allen wegen ihrer ungewöhnlichen Vorlieben im Gedächtnis haften geblieben. Die Eselsmilch erwähnten Sie schon… nun ja… ein Bad aus kosmetischen Gründen und nicht jedermanns Sache, sodann der gewählte Selbsttod mittels einer Giftschlage, einer Viper… auch bemerkenswert, und keineswegs gängige Praxis, damals wie heute. Und schließlich ist uns der Dildo überliefert, der ihren Namen trägt. Ein sehr ungewöhnlicher Dildo, muss man sagen… angefüllt mit Bienen…, der mit ihrem Namen verbunden ist. Hier knüpfen wir an, hier nehmen wir den Faden auf. Wir wollen mit unserem Produkt gesichert in einem historischen Kontext stehen, wollen an die Gestalt der Königin von Ägypten, an Kleopatra anknüpfen. Wir wollen der Sexualität und der Erotik eine

Dimension verleihen, die weit über die Bettkante hinausreicht, weit zurück in die Vergangenheit, in die klassische Periode des Römischen Reiches und, so hoffen wir, ebenso weit zu zukünftigen Horizonten…"

„Was soll so ein Ding kosten?" Chery hatte die Frage abrupt gestellt.

Sabrina zeigte sich um keinen Deut irritiert. Kundenfragen eben… ganz natürliches Interesse. „Die endgültige Preisgestaltung ist noch offen. Wir haben bisher nur Annäherungswerte, grobe Schätzungen, weil am Material noch gearbeitet wird… und die Frage, wie es mit den Bienen steht, noch ungeklärt ist. Aber wir glauben, dass die Viertausendgrenze nicht überschritten werden wird… ich denke, das kann ich verbindlich zusichern."

„Viertausend… pro Stück?", hakte Chery nach, „für ein Exemplar?"

Hier sah man Sabrina an, wie sie bestrebt war, den Sinn dieser Frage zu entschlüsseln, so selbstverständlich galt ihr die Antwort.

„Gewiss", antwortete sie schließlich, bemüht jeglichen schnippischen Unterton zu vermeiden, „es sind Unikate." Dann verließ sie jedoch ihre Selbstbeherrschung, eine schräge, zornige Falte über ihrer Nasenwurzel bildete sich. „Das sind alles Einzelstücke, die sich nicht im Bündel wie Heringsware verschleudern lassen." Ein emotionaler Ausbruch, es war ihr nicht gelungen, die Spitze zu unterlassen, und sie bemühte sich sogleich um Ausgleich. „Sehen Sie", nahm sie einen versöhnlichen Ton an, „wir sind eine Kunstgalerie… sind der Kunst und Kultur verpflichtet. Unsere Exponate sind alles Einzelstücke und sind Träger eines kulturellen Konzepts. Im Falle des Kleopatra-Dildos… da treffen drei gesellschaftlich hochwirksame Stränge in ungewöhnlicher Dichte aufeinander. Ein kulturelles Konglomerat ohne Gleichen mit unauslotbaren Verzweigungen und Verbindungen. Einmal kommt dabei die historische Komponente zum Vorschein, die wir schon angesprochen haben... über zweitausend Jahre alt. Des Weiteren greifen wir mit den Bienen das unbestritten beliebteste Insekt, wenn nicht gar das beliebteste Tier überhaupt auf... von allen Tieren ist nur der Elefant und der Delphin beliebter als die Bienen. Wir erweisen mit dem Einsatz der Bienen der Ökologie und dem Naturgedanken unsere Referenz... Denken Sie nur an Rousseau." Sie ruckte ihren Kopf hoch als sie den Philosophen erwähnte und weitete zugleich ihre Augen. „Und schließlich als Drittes die Sexualität... die Erotik als stärkster Impuls menschlichen Handelns bildet den Kern des Ganzen, um den sich die beiden anderen Komponenten, die historische und die ökologisch-biologische in tausendfacher Windung verschlingen."

Chery ergriff erneut das Wort. „Bevor wir weitermachen, darf ich eines klären, um jegliches Missverständnis zu vermeiden. Wir nehmen in Ihrem Fall ein Honorar. Wir haben noch nicht erfahren, welche Aufgaben uns zufallen werden, aber wir nehmen ein Honorar, ein angemessenes Honorar... ein Honorar, das sich an Umsatz und Verdienst orientiert."

Sabrina blickte von Chery, die gesprochen hatte zu Arco, um zu ergründen, wer denn hier das Sagen habe, aber Arco schien damit beschäftigt zu sein, die Fensterscheibe zu betrachten, und so blieb Chery übrig.

Sabrina nickte. „Natürlich... wir zahlen."

„Dann lassen Sie uns mal zu dem kommen, was wir für Sie tun sollen, denn das war bisher nicht ersichtlich."

Sabrina nickte, veränderte erneut ihre Sitzposition, namentlich ihre Beinhaltung, doch mit geringer Körperlichkeit, denn Chery schien für den Reiz von sich wechselnden Beinen nicht sonderlich empfänglich. Und Arco schaute unverwandt aus dem Fenster.

„An der Materialfrage sind wir dran und stehen dicht vor dem Ergebnis", begann sie geschäftsmäßig, „verlangt werden verschiedene Eigenschaften... das Material muss weich, elastisch und hautfreundlich sein... dazu durchscheinend, eben absolut geeignet zur taktilen Wahrnehmung, aber auf der anderen Seite auch fest genug, um Bienenstiche abzuhalten... phenolische und zinnorganische Verbindungen meiden wir natürlich bei unseren Produkten. Alles, was wir verwenden, muss organisch abbaubar sein." Sie blickte ernsthaft und zugleich gelassen, um anzuzeigen, dass dieses Alles grundsätzliche Geltung habe.

„Was wir sodann benötigen, sind geeignete Bienen, versteht sich... Bienen, die in dem begrenzten Raum... zurechtkommen, sag ich mal, und dabei das Summen und Brummen nicht vergessen." Sabrina versuchte diesmal Chery in ihr angedeutetes Lächeln mit hereinzuziehen. Gelang aber nicht. „Ein wirkliches Problem besteht allerdings in ihrer Lebensdauer. Bislang ist es uns gelungen, sie sieben Tage, also eine ganze Woche am Stück, am Leben zu halten... anfänglich waren es lediglich drei, also drei Tage. Sie sehen, wir machen Fortschritte. Am siebenten Tag ist aber dann Schluss, oft schon am sechsten, auch die letzte der zwölf Bienen, mit denen wir unser Produkt üblicherweise bestücken, stellt zu diesem Zeitpunkt ihre Aktivität ein und mit ihrem Ableben muss gerechnet werden... Danach folgt ein Teil, der etwas unangenehm ist, denn die verstorbenen Bienen müssen entsorgt werden… sie sind aber, wie ich eben schon sagte, ebenfalls biologisch abbaubar." An dieser Stelle zauberte Sabrina ihr gesamtes Lächeln herbei, das Lächeln, das an allen erdenklichen Stellen Lachfältchen und Grübchen entstehen ließ und das selbst auf Chery ermunternd wirkte, ließ sie sich doch anstecken und ihre Mundwinkel zuckten.

„Unser Kleopatra-Dildo verfügt über einen Verschluss, der sich leicht öffnen lässt… man kippt sodann die Bienenkadaver aus, säubert das Innere mit einem Bürstchen und einer desinfizierenden Flüssigkeit, die im Gesamtpaket enthalten sind… und füllt neue Bienen nach, die man bei unserem Zulieferer per Express bestellen kann. Ein Anruf genügt… innerhalb von vierundzwanzig Stunden wird die Ware zugestellt. Soweit also kein Problem… wir machen da gute Fortschritte… Womit wir beginnen wollen, sind Probandinnen… Hier ist der Punkt, an dem Sie zunächst ansetzen könnten… eine Anzahl von Frauen, die bereit sind, unser Produkt zu testen. Hierbei setzten wir auf Ihre Unterstützung und hoffen, Sie können den Feldversuch mit etwa dreißig, vierzig Frauen in die Wege leiten und korrekt durchführen."

Sabrina öffnete ihre Handtasche, die sie auf dem Boden abgestellt hatte und entnahm ihr einige länglichen Päckchen, aus denen heraus es zu summen schien und legte diese auf den Schreibtisch. „Ich habe Ihnen einige Prototypen mitgebracht… hier sind vier… nein, warten Sie…" Sabrina nahm eines der länglichen Päckchen wieder an sich und verstaute es in ihrer Tasche. „Ich denke drei reichen für den allerersten Anfang. Sie sind eben erst mit neuer Summ- und Brummasse aufgefüllt." Hierbei lächelte sie erneut mit allem, was ihr zu Verfügung stand, was, wie wir wissen, nicht wenig war. „Die Ausführung ist vom Design her weniger aufwendig, weniger ansprechend, aber vom Prinzip her gleichwertig... Vielleicht ist es Ihnen möglich, einen Versuch zu starten... würde mich sehr freuen, wenn Sie Ihre Eindrücke mit mir teilen könnten."

Arco hatte die Betrachtung des Fensters aufgegeben. „Sabrina, da fällt mir ein, dass man beim Abspann von Filmen, von Spielfilmen... also, wenn der Film zu Ende geht, meist eine Zeile lesen kann... sinngemäß... ‚bei den Dreharbeiten zu diesem Film kamen keine Tiere zu Schaden'. Ich meine bei Filmen, in denen scheinbar Tiere zu Schaden kamen, aber eben nicht tatsächlich... Hier in Ihrem Fall, bei dem prächtigen Kleopatra-Dildo, ließe sich das wohl nicht behaupten..."

Sabrina nahm eine Abwehrhaltung an, sie schien irritiert. „Wie soll ich das verstehen? Wollen Sie das Geschehen etwa filmen? Was versprechen Sie sich davon? Meinen Sie nicht, dass Sie damit zu weit gehen?"

„Nein, was ich meinte... die Tiere kommen zu Schaden... ist es nicht so? Die sind doch am Ende nicht mehr zu gebrauchen."

„Sie meinen die Bienen?"

„Ja... die Bienen. Ich dachte, Sie sagten vorhin, bei Umfragen hätte sich ergeben, sie seien die drittliebsten Tiere."

„Sie lieben auch Bienen?", fragte sie spöttisch.

Arco nickte einige Male wortlos und sagte dann, „am drittliebsten... oder wenn ich mir es recht überlege, eigentlich am zweitliebsten."

Als Arco Sabrina zur Tür begleitet und verabschiedet hatte, ging er zum Kühlschrank, nahm sich, immer wieder ungläubig den Kopf schüttelnd, ein Bier und kehrte ins Büro zurück. Er setzte sich auf seinen Platz, öffnete die Flasche, aus der er jetzt erste, große Schlucke trank. Chery war sitzen geblieben, hatte ihren Stuhl nicht verlassen und starrte auf die Päckchen, die vor ihr auf dem Tisch lagen, und aus denen heraus es an- und abschwellend summte. Wenn man sein Ohrenmerk auf das Geräusch richtete, vernahm man es deutlich. Nicht-Eingeweihte in das Geheimnis der länglichen Schachteln hingegen würden es vermutlich überhören, oder allenfalls eine sirrende Fliege im Raum dafür verantwortlich machen. Aber das tat Chery nicht. Sie wusste um den Inhalt, konnte es nur noch nicht gänzlich fassen, was da von Sabrina liegen gelassen worden war, um einer Erprobung unterzogen zu werden.

Arco hatte die Flasche abgesetzt, klopfte sich mit der Faust zweimal leicht gegen die Brust, um daraufhin sanft aufzustoßen und fragte. „Was denkst du?"

Chery sah auf, sah ihn an, dachte kurz an den Unterschied von Mann und Frau, was sie nicht alles unterscheidet, und was alles für unterschiedliche Konsequenzen sich daraus ergäben… absolut verrückt, dachte sie, und sagte: „Verrücktes Huhn…"

„Wir haben nicht zugesagt, den Auftrag zu übernehmen… wir haben es offengelassen. Wir haben lediglich die Absichtserklärung unterschrieben, die uns zwei Wochen Zeit lässt, uns zu entscheiden." Das Bier schien Arco gut zu tun, er nahm einen weiteren Schlick, allmählich geriet er in sein Gleichgewicht.

„Wie steht es denn mit unseren ethischen Grundsätzen? Machen wir sowas überhaupt?" Chery war sich nicht sicher und richtete die Frage gleichermaßen an sich wie an Arco.

„Du meinst wegen der Bienen?"

„Klar… die Bienen… kennen wir kein Erbarmen?"

„Ich weiß nicht… wir sollten nicht übertreiben, es sind schließlich Insekten und in der Menge auch nicht die Welt."

„Es könnten viele werden… überleg mal… immer zwölf… das macht in der Summe… Das Bienensterben ist ohnehin schon im Gerede… und jetzt auch noch wir."

Arco verwarf den Einwand mit einer Handbewegung. „Glaubst du im Ernst, die kriegen das im größeren Maßstab verkauft?"

Chery überlegte und schätzte dann die Aussichten des Geschäfts ein. „Nein, glaube ich nicht… nein, nein, ich denke nicht… das sollen doch Unikate sein… und ich glaube, es werden auch Unikate bleiben… also Einzelstücke." Sie verdrehte die Augen und ahmte Sabrinas Tonfall nach. „Das ist doch keine Heringsware, die man im Bündel verschleudert", aber, fügte sie trocken hinzu, „wir sollten einen ordentlichen Pauschalbetrag ausmachen, falls wir überhaupt annehmen, und keinesfalls eine prozentuale Beteiligung am Umsatz."

„Sehe ich genauso… eine fette Pauschale." Er strich sich durchs Haar. „Wir sollten das Ganze mehr als Scherz nehmen… mehr scherzhaft. Nehmen wir es als Joke und schauen wir, wie weit wir damit kommen."

„Arco, willst du eine Schachtel mit nach Haus nehmen? Also als Scherz… Du kannst doch Anne-Marie einladen und ihr könnt gemeinsam… gemeinsam mit den Bienen… euch ein paar schöne Stunden machen. Wie wär's?"

„Wir sind nicht mehr zusammen… Anne-Marie und ich,

wir haben uns getrennt… gütlich, wie man so sagt." Er hob mit Bedauern die Schultern und lächelte schief. „Ist nicht zu ändern… aber da ist etwas Neues im Entstehen… ich habe jemanden kennen gelernt."

„Was du nicht sagst… gewiss, die Kugel rollt… wie heißt sie?"

„Emilia…"

„Echt? Und mit Nachnamen Romagna?

„Na und…", wehrte Arco ab, „also ich kann unmöglich mit so einem Ding bei ihr auftauchen… völlig ausgeschlossen… die denkt, ich bin völlig matsch."

„Bleibt demnach an mir hängen… ja? Ich soll damit rumhantieren?"

„Nimm es nicht so ernst… das ist doch sonst nicht deine Art. Nimm es und… was weiß ich, hast du nicht eine oder zwei Freundinnen, denen du das einfach mal zeigst… nur so… vielleicht werden die neugierig, vielleicht kriegen die sich nicht mehr ein vor Lachen und wollen es ausprobieren."

Chery, für ihren Teil indessen, versagte sich das Lachen. „Wegen der Bienen… wie es denen ergeht. Ich könnte mal Munro fragen… ganz allgemein fragen, wie Bienen sich so fühlen, wenn sie eingesperrt werden und langsam verenden. Ich treffe ihn manchmal beim Tanken. Er isst gerne Kuchen. Vielleicht weiß er es." Chery erhob sich, griff nach zwei der Schachteln, schob die dritte Arco hin und machte sich auf, in ihr Büro zu gehen. „Ich guck mir das mal an… mal sehen…", sagte sie als sie den Raum verließ, „mal sehen, was sich da ergibt… und du bringst den einen Prototyp unter die Leute, wie immer du das machst." Sie kehrte sodann noch einmal um. „Man könnte auch den Verschluss nach der Nutzung öffnen und die Bienen frei lassen… jedes Mal aufs Neue freilassen… wir könnten auf einer Betriebsanleitung bestehen, auf der die Nutzer und Nutzerinnen angehalten werden nach jedem Einsatz - was heißt angehalten werden, sich verpflichten - den Bienen ihre Freiheit zurückzugeben. Das wäre dann eine Art Aktionskunst… hätte hohen symbolischen Wert… man fliegt zum Orgasmus und lässt danach als Krönung die Bienen davonfliegen. Eine Performance mit hohem metaphorischem Charakter… dafür würde selbst ich viertausend Euro zahlen… ohne mit der Wimper zu zucken." Sie klimperte mehrmals mit den Wimpern und verschwand.

VII

Bienenstich in der Tankstelle

Nachdem Chery getankt, ihre Rechnung beglichen und sich flüchtig umgeschaut hatte, ging sie hinüber zur Cafeteria, um sich einen Kaffee zu holen. Während sie wartete, bis sie an der Reihe war, betrachtete sie die in den blitzsauberen Vitrinen ausgestellten Kuchen und war verblüfft festzustellen, wie sehr sie die fein säuberlich auf den Tellern präsentierten Stücke verlockten. Sie musterte die Mohnschnecken und Käsekuchen, die Nusshörnchen und Pfirsichplunder, die Kirsch- und die Mango-Törtchen und die Sahneschnittchen, als sie hörte, wie die Buffetkraft sie nach ihrem Wunsch fragte.

„Einen Kaffee, bitte…"

„Groß, mittel, klein…?"

„Mittel", sagte sie, und als die Verkäuferin sie fragte, ob sie noch einen weiteren Wunsch hätte, fügte hinzu, „geben Sie mir einen Bienenstich."

Sie nahm die Tasse und den Teller mit dem Gebäck in Empfang, stellte sie auf einem Tablett ab und bewegte sich einige vorsichtige Schritte entlang des Tresens, um an der Kasse zu zahlen. Sie fingerte aus ihrer Handtasche ihr Portemonnaie, reichte der Kassiererin einen Geldschein, nahm das Wechselgeld entgegen und ging zu dem Tisch, an dem Max Munro stand und sie erwartete. „Keinen Kuchen mehr", fragte sie freundlich, aber mit einem neckenden Unterton, als sie ihm gegenüberstand und dabei auf seine Leibesmitte blickte, „oder hast du ihn schon aufgegessen und willst mir was vormachen… was…" Sie bugsierte das Tablett auf den Tisch, ohne dass etwas ins Rutschen kam, nahm ihre Tasche von der Schulter und legte sie daneben.

„Nein, nein…", erwiderte er verlegen lächelnd, „ich halt' mich zurück… will wenigstens ein paar Pfunde… du weißt schon. Ich denke, das ist einfach eine Einstellungssache… also eine Angewohnheit."

Sie zuckte die Schultern. „Eine Angewohnheit… warum auch nicht." Sie trennte mit der Gabel eine Ecke ihres Bienenstichs ab, schob den Bissen in den Mund und leckte mit der Zunge sorgfältig die an der Gabel haftende Creme ab. Danach führte sie ihre Zunge noch gemächlich rund um die rot geschminkten Lippen. „Ich bin gerade dabei mir einige Angewohnheiten zuzulegen." Sie verengte ihre Augenlider während sie es sagte, so als ob sie ein Ziel anvisierte. Und ihn überkam das störende Gefühl, sie spräche etwas an, sie spräche ein Vorhaben an, das er zwar nicht kannte, das ihn dennoch betraf. Er wischte beiseite, was ihn störte, bemühte sich, einen unverfänglichen Ton anzuschlagen. „Du isst jetzt gerne Kuchen, Chery…"

Er nannte sie oft Chery, es gab ihm ein Gefühl der Vertrautheit. Er hatte nie die Vorstellung aufgegeben, sie mit dunkelroten Kirschen in Verbindung zu bringen. Für ihn verkörperte sie eine dunkelrote, süße Kirsche, hatten sie doch bisher bei ihren Treffen hier in der Cafeteria immer gemeinsam Kirschkuchen gegessen.

„Ich habe mir Bienenstich ausgewählt", sagte sie und maß ihn mit einem Blick, aus dem er nicht klug wurde, dabei schob sie einen weiteren Bissen in den Mund und schleckte an der Gabel. „Ich würde dir ja was abgeben… aber deine eiserne Disziplin steht zwischen uns… ist aber nicht so schlimm", fügte sie hinzu, „du kennst doch Bienenstiche… oder?" Sie sah ihn an.

Wie war das gemeint? Er wusste sich nicht anders zu helfen, als säuerlich zu lächeln. „Was meinst du?", fragte er.

„Bienen…Stiche…", betonte sie langsam und pickte ihn mit der Gabel am Bauch, „kennst du doch, oder?"

Weil er immer noch nicht wusste, was sie meinte, sagte er: „Ja, natürlich."

„Was weißt du über Bienenstiche… oder Bienen?", hakte sie nach.

Wie in aller Welt sollte man eine derartige Frage beantworten. Er zögerte. „Tun weh", sagte er dann, „aber das wirst du wissen…", er schniefte durch die Nase, „und die Biene stirbt. Sie kann ihren Stachel nicht mehr lösen. Der Stachel bleibt dort stecken, wo er hineingestochen hat… er wird ihr aus dem Hinterleib gerissen… daran stirbt sie."

„Oh", entfuhr es Chery, „das tut mir Leid."

„Die Drohnen, die männlichen Bienen, können überhaupt nicht stechen, weil sie keinen Stachel haben."

Ein weiteres ‚Oh' entfuhr Chery, und dieses ‚Oh' klang ebenso wie das erste, mitleidig, als ob ihr dies gleichermaßen leidtäte, nämlich, dass die Drohnen ganz ohne Stachel auskommen mussten.

„Und sie leben kürzer als die weiblichen Bienen… paar Wochen höchstens", fügte er hinzu. Chery schien auch in dieser Nachricht etwas Leidvolles wahrzunehmen, denn sie zeigte das entsprechend bekümmerte Gesicht, während Max, dem das nicht entgangen war, durch seine Miene auszudrücken versuchte, dass er der letzte sei, der für all dies die Verantwortung trage.

„Na ja", sagte Max und trank einen Schluck Kaffee, stellte behutsam die Tasse ab, „worum geht es eigentlich… warum fragst du? Über Bienen gibt es ganze Bibliotheken, da könnte ich stundenlang reden… ein Fass ohne Boden… ohne Ende, ohne Anfang."

„Wo leben die Bienen… können sie zum Beispiel in… in Behältern… oder so leben?"

„Ja, klar… Bienen gibt es seit Millionen von Jahren. Sie haben schon die Dinosaurier gestochen, wenn die an ihren Honig wollten…"

„Die Dinosaurier wollten den Honig stehlen?", fragte Cherry ungläubig, „wie soll denn das gehen?"

„Na sicher, warum nicht. Bis auf den Tyrannus Rex waren die meisten der Viecher Veggis, und jedermann war scharf auf Süßes… auch die Dinos... es gibt nicht viel Süßes in der Natur, paar Früchte unter Umständen… sonst an Süßzeug nur Honig, über den sich, wenn möglich, alle hermachen."

Chery sah Max an, ob seine Miene irgendetwas verriet, was auf einen Scherz hindeutete, aber sie konnte nichts ausmachen, was in diese Richtung wies.

„In was für Behältern haben sie gelebt, wenn sie denn in Behältern gelebt haben?" Chery schien zutiefst skeptisch.

„Damals gab es doch keine Bienenstöcke oder Bienenhäuser oder Bienenkörbe… das ist doch alles Menschenwerk… da haben die Menschen die Bienen angelockt und einquartiert, um besser an Honig und auch an das

Wachs zu gelangen. So konnten sie die Bienen besser kontrollieren. Die Bienen suchten sich ursprünglich ihre Verstecke, die sich in der Natur finden ließen... also Hohlräume in Bäumen oder Röhren..."

„Röhren auch?", Chery war mehr als erstaunt.

„Ja, sicher... sogar vorzugsweise... immer, wenn sich Röhren finden ließen, zogen Bienen ein. Undichte Stellen verklebten sie mit dem, was sie absondern, das, was wir Wachs nennen."

„Und was macht so eine Biene normalerweise... sie sammelt Honig, schon klar, aber was macht sie sonst noch?"

„Doch nicht so, Chery... die Bienen sammeln keinen Honig, sie sammeln Nektar und Pollen, was später im Stock zu Honig heranreift. Außerdem gibt es nicht die Biene... es gibt die verschiedensten Arten... es gibt allein 230 verschiedene Arten von Wildbienen..." Max erzählte alles über Bienen, was ihm einfiel...

Nach geraumer Zeit, als die Tassen ausgetrunken waren, ging Max vor zur Theke und bestellte für Chery und sich Kaffee und einen Bienenstich. Er bat um eine zweite Gabel. Sie wollten sich das Stück diesmal teilen. Das gemeinsame Essen eines Stücks Bienenstich von einem einzigen Teller, war mindestens so hoch, wenn nicht gar höher einzuschätzen wie das bisherige Miteinander des Kirschkuchenverzehrs.

Max begann erneut von den Bienen zu erzählen, währenddessen sie von ihrer jeweiligen Seite her vom Kuchenstück abbröckelten, in Krümeln, um den absehbaren Schwund des Bienenstichs hinauszuzögern. Er erzählte und erzählte, bis die Kuchengabeln aneinanderstießen.

Max erzählte und Chery krauste ihre Stirn und hörte zu. Ab und an stellte sie eine Frage, insbesondere nach der Fähigkeit der Bienen, in einem Röhrenbehälter ohne Nahrung auszuhalten. So genau konnte ihr da Max auch nicht Auskunft geben, aber er tat sein Bestes.

Nach einiger Zeit glättete sie ihre Stirn, sie lächelte, denn sie schien sich einem neuen Gedanken zuzuwenden. „Wie geht es eigentlich deiner Frau?"

Die Frage traf Max unvorbereitet. Er legte die Kuchengabel ab, die er immer noch in der Hand hielt, und die er zur Unterstützung seiner Erklärungen wie einen Dirigentenstab geschwenkt hatte. Was in aller Welt hatte das zu bedeuten? Er sah sie ungläubig an. „Wie kommst du jetzt darauf… wie kommst du auf meine Frau?"

„Nur so", sagte Chery, „fiel mir nur so ein… wir haben viel über Bienen gesprochen. Jetzt wird es einmal Zeit für ein anderes Thema", sie lachte betont arglos und leckte von ihrer Gabel sorgfältig den letzten Rest Creme, bevor sie sie ebenfalls auf den Teller legte. „Hatten wir nicht damals über sie gesprochen, als es um die Buchseiten ging, die so raschelten, und die dein Einschlafen verhinderten?"

„Doch", sagte Max, „haben wir, aber was…"

„Habe ich das richtig behalten… sie hat das gemeinsame Schlafzimmer verlassen…"

„Nun ja, also ich bin… wir schlafen getrennt, das ist richtig, aber ich weiß nicht…"

„Komm Max, das ist doch keine Schande… viele Paare schlafen getrennt, aber", fügte sie in beruhigendem Ton hinzu, „man muss sagen, nicht allen tut das gut… das ist schon wahr… andererseits tut es auch nicht allen Paaren gut, Nacht für Nacht ein Bett zu teilen. So ist das Leben… wie eine Schaukel oder eine Kippfigur… was für den Einen gut und richtig ist, bedeutet dem Anderen

Ungemach. Man muss schon Glück haben."

„So wird es wohl sein…", er griente, „was ist da zu machen?"

„Und wie ist es bei euch?

„Was meinst du?"

„Na, ganz simpel… tut es euch gut, in getrennten Zimmern zu schlafen… hält es das Feuer am Leben… besucht ihr euch, oder läuft es eher auf Asche hinaus, bleiben die Türen nachts verschlossen?" Sie sah ihn herausfordernd an, und Max war sich unklar, ob er dieser direkten Konfrontation gewachsen war und druckste mit der Antwort herum, verhaspelte sich, stammelte einen unzusammenhängenden Satz und wurde rot.

„Ist doch keine Schande, Max", besänftigte sie ihn, „ist doch allenthalben so… was für den Einzelnen kein Trost sein muss, denn was hilft's, wenn die Anderen auch… wer weiß, warum es so ist, aber es muss dir nicht peinlich sein, wirklich nicht… hilft doch alles nichts." Sie legte ihm ihre Hand auf den Arm. „Schau… ich hätte etwas, das vielleicht… wir sind doch erwachsen und überhaupt wäre deine Frau… also ich könnte dir was geben, was zwar sehr ungewöhnlich ist, ein wenig… sehr bizarr, muss ich schon sagen, aber wenn du willst, kannst du es deiner Frau zeigen, die sich…"

Max schien während Cherys letzten Sätzen abgelenkt zu sein. Immer wieder wandte er seinen Kopf mal in die eine Richtung, dann zur anderen und schaute nervös um sich, als ob er sich durch irgendetwas irritiert fühlte.

„Wart' mal für einen Augenblick, Chery, ich glaube, hier summt… hier summt was unaufhörlich… die ganze Zeit… hörst du es nicht?"

Chery hielt in ihrem Satz inne und lauschte und vernahm

einen beständigen, auf- und abschwellenden Grundton, ein Gesummse, das gar nicht zu ignorieren war, wenn man es einmal wahrgenommen hatte, zumal es an Stärke ständig zuzunehmen und aus nächster Nähe zu kommen schien. Sie schauten sich verblüfft an und fragten sich im Stillen, was denn das nur sein könnte. Dann wandten sich beide, wie von einem Magneten angezogen, der Handtasche zu, der Handtasche, die Chery auf den Tisch hingelegt hatte, und starrten sie für einige Sekunden entgeistert an. Nun war es an Chery rot zu werden, nur ihr elfenbeinfarbener Teint verhinderte, dass sie puterrot wurde. Sie griff langsam mit ausgestrecktem Arm nach der Tasche, öffnete sie mit zwei Fingern, und aus dem Spalt der geöffneten Tasche flog eine Anzahl von Bienen, von gereizten Bienen heraus, denen sich weitere anschlossen – böse brummend. Sie verteilten sich geschwind im Raum, einige steuerten den Kuchenteller an, auf dem bis vor kurzem noch ihr Namensgebäck gelegen war und schwirrten im wirren Zickzack umher. Panisch klappte sie die Tasche zu, wobei eine der Bienen von den beiden Kanten der metallenen Schließe erfasst, eigentlich zerteilt, also halbiert wurde. Sie wedelte hastig mit der Hand, um sich der umherschwirrenden Bienen zu erwehren, griff nach ihrer Tasche, rief Max ein undeutliches Wort des Abschieds zu und verließ eilenden Schrittes die Cafeteria.

VIII

Sascha überbringt ein Päckchen

Es läutete zweimal kurz, einmal lang.

„Das wird der Junge sein", sagte Arco und nahm das längliche Päckchen, das er zuvor in Geschenkpapier eingewickelt hatte, zusätzlich mit einer bunten Grußkarte versehen, und ging zur Tür. Sascha stand vor ihm, ein eher zarter Junge von zwölf Jahren, mit einem aufmerksamen, gespannten Ausdruck, mit großen dunklen Augen, der noch ein bisschen wachsen sollte, um als Zwölfjähriger durchzugehen. Sascha war der Neffe von Rutkowski und übernahm hin und wieder kleine Aufträge für Arco. Er sah ihn erwartungsvoll an.

„Du hast mich gerufen, Arco."

„Ja, Sascha, hab' ich." Arco blickte auf den Jungen prüfend, doch freundlich, so als ob er sich vergewissern wollte, dass dessen Aura keinen Schaden nehmen dürfe.

„Hast du dein Fahrrad dabei?"

„Ja".

„Gut… hier hast du ein Päckchen… die Adresse kannst du lesen?"

„Ja".

„Weißt du, wo das ist?"

„Ja, ich glaub', ist nicht sehr weit… kann aber auf meiner

App nachsehen.“

„Gut… aber nicht nur auf die App schauen… auf den Verkehr achten.“

„Mach‘ ich.“

„Dann bring das jetzt zu dieser Adresse und gib es nur der Dame, deren Name hier steht… niemand anderem… hast du verstanden?“

Sascha nickte ernst. „Hab‘ ich.“

„Wenn jemand anderes öffnet, verlangst du nach der Dame… du gibst es nicht aus der Hand, nur an die Dame.“

„Verstanden… ist klar.“

„Sei diskret, ja…“

„Werd‘ ich sein.“

„Weißt du was diskret ist?“

„Ja… vorsichtig.“

„Gut machst du das… dem letzten Jungen, der für mich arbeitete, musste ich kündigen, weil der nicht wusste, was diskret bedeutet.“

Ein scheues, belustigtes Lächeln verscheuchte Saschas Ernsthaftigkeit und seine Augen blitzten auf. „Glaub‘ ich nicht.“

„Ist auch nur ein Scherz… also pass auf dich auf.“

„Ja… werd‘ ich.“

„Schicke Schuhe hast du…“

„Ja, danke… sind Air Jordan retro look.“

„Kosten ein Vermögen, schätz ich.“

„Ja… hab‘ lange sparen müssen.“

Sascha wandte sich zum Gehen.

„Und…“ sagte noch Arco, „wenn es im Päckchen summen sollte, kümmere dich nicht. Wenn sie dich fragt, was in dem Päckchen sein soll, sagst du die Wahrheit…

du weißt es nicht… fahr vorsichtig."

Arco sah dem Jungen noch nach, wie er zu seinem Fahrrad ging, blieb stehen, bis er losfuhr und winkte ihm, als dieser sich nach einigen Metern kurz umdrehte. „Mein kleiner Hermes", sagte er, schloss die Tür und ging in sein Büro zurück. Er setzte sich an seinem Schreibtisch und widmete sich dem neuesten Anliegen von Nicolai Rutkowski, der vorige Woche einen Brief geschrieben und sich entschuldigt hatte, nicht persönlich vorbeikommen zu können, denn Regen sei im Anzug, was, so könne er mit Gewissheit sagen, für die nächsten Tage generell gelte. Der Wetterdienst hätte dauerhaft starke Niederschläge im Verbund mit Sturmböen angesagt. Arco hatte seitdem nicht nur einmal auf Grund dieser Vorhersage aus dem Fenster gespäht, um etwas von der drohenden Regenfront mitzubekommen. Vergeblich. Zwar waren zeitweise einige düstere Wolkenbänke am Horizont auszumachen, hatten sich aber wieder aufgelöst, und häufiger, als dass sich diese auftürmten und den Himmel verdunkelten, fielen Sonnenstrahlen durch seine Fenster. Er musste seine Jalousien herablassen, um das Blenden zu mildern. Nur die Götter mögen wissen, woher Rutkowski sein Wissen über die drohenden Niederschläge hatte. Arco las den Brief zum zweiten Mal, um daraus klug zu werden. Es ging diesmal… es ging diesmal… es waren immerhin fünf eng beschrieben Seiten, handschriftliche Seiten. Allerdings in säuberlicher Buchstabenfolge verfasst, somit im Prinzip durchaus lesbar, soweit es die einzelnen Wörter betraf. Aber was war gemeint? Arco blätterte zurück… und dann wieder zum Anfang… zu Seite vier, um noch einmal auf der zweiten Seite zu beginnen, auf der Rutkowski nach umständlichen Begrüßungsformeln, Entschuldigungsfloskeln und allgemeinen Sentenzen über das Leben, (im Leben ist es wie im Märchen: je weiter voran, desto schlimmer wird es) ein Sprichwort anführte, dessen Sinn allerdings in keinem erkennbaren Zusammenhang mit dem sonstigen Inhalt stand: „Wer Wölfe fürchtet, bringt keine Pilze heim." So wird es wohl sein, dachte sich Arco, zumal wenn die russischen Wälder gemeint waren, und die waren sicherlich gemeint.

Danach kam die eigentliche Angelegenheit zum Vorschein. Er, Nikolai Rutkowski und seine Frau Natascha waren offensichtlich regelmäßige Zuschauer der Abendnachrichten um 20.00 Uhr, der Tagesschau in der ARD. Diese hochinformative Sendung, die täglich ausgestrahlt wird, landesweit bekannt durch ihre seriöse Berichterstattung und ihren verlässlichen Umgang mit Fakten, wird von insgesamt sechs Sprecherinnen und Sprecher in einem bestimmten Wechsel vorgetragen. Die Sprecherinnen heißen zurzeit Susanne Daubner, Judith Rakers und Linda Zervakis. Die Sprecher heißen Jan Hofer, Jens Rieva und Thorsten Schröder. Die Sendung beginnt mit einem Gong, dessen Ton feierlich ausschwingt, während der Sprecher oder die Sprecherin noch fast gänzlich im Dunkeln verweilen. Man nimmt lediglich einen Umriss wahr, eine Schattenfigur, die nach einigen Sekunden durch die hoch gedimmte Beleuchtung erkennbar wird und dem Zuschauer, nun wundervoll ausgeleuchtet, meist mit einem Lächeln, gegenübertritt. In der kurzen Zeitspanne aber, in der die Sprecher und Sprecherinnen noch in Dunkelheit eingehüllt sind, rätselt der Zuschauer, wer denn da heute gleich seinen Auftritt haben werde. Judith Rakers etwa, blond wie der reife Weizen mit ihrem langen Haar, ist während dieser atemzugkurzen

Dunkelperiode nicht von Linda Zervakis zu unterscheiden, deren langes Haar ihr jedoch tiefschwarz über die Schultern fällt. Beide bilden jeweils schlanke, hochgewachsene Silhouetten und sind auf den ersten Blick nicht eindeutig zu unterscheiden. Wenn Jan Hofer wieder einmal zugenommen hat, ähnelt er im Schattenriss bedrohlich Jens Rieva. Susanne Daubner ändert schon mal ihre Frisur, was zu Irritationen führt, und man sich fragt, wer denn da neues hinzugekommen sei. Nur Marathonläufer Thorsten Schröder wäre mit niemandem zu verwechseln. Soweit die Ausgangslage.

Weiterhin war dem Schreiben zu entnehmen, er, Nikolai Rutkowski und seine Frau Natascha säßen Abend für Abend kurz vor 20.00 Uhr auf dem Sofa vor dem Fernsehapparat und erwarteten mit Spannung die Tagesschau. Sie hatten es sich zur Angewohnheit werden lassen, nach Ertönen des Gongs möglichst rasch den Namen des Nachrichtensprechers oder gegebenenfalls der Sprecherin laut herauszurufen. Wer von ihnen als erster den richtigen Namen ausrief, hatte gewonnen. Das Spiel wiederholte sich rund um die Woche regelmäßig wie der Sonnenuntergang, denn die Tagesschau begleitet die Woche zuverlässig und lückenlos, so wie es ihr Name verspricht. Nun verhielt es sich aber, so Nikolai Rutkowski in einem verzweifelten Ton, dass Natascha wohl über das bessere Reaktionsvermögen verfügte, denn sie war es, die nahezu ohne Ausnahme den jeweiligen Namen des Sprechers und auch der Sprecherin als erste ausrief – noch in der Phase, der sich zögernd auflösenden Dunkelheit ausrief, korrekt ausrief. Sie gewann nahezu immer, und der Groll Rutkowskis über sein Versagen nahm zu und wuchs und wuchs ins Ungesunde.

Er könne nicht einsehen, weshalb er immer benachteiligt werde, nur weil sein Reaktionsvermögen ein wenig klemme. Dafür könne er nichts. Aus diesem Grund habe er sich entschlossen, den verehrte Arco um den Gefallen zu bitten, sich brieflich an die Tagesschau in Hamburg zu wenden. Alle Welt wisse um die Effizienz seiner Briefe. Er selber, Rutkowski, habe seinerseits schon einen Versuch unternommen, an die Leitung der Tagesschau geschrieben und um den Einsatzplan der Tageschausprecher und –sprecherinnen gebeten. Ausführlich über fünf Seiten hätte er sein Anliegen vorgetragen, im Voraus wissen zu wollen, wer jeweils von den Sprechern und Sprecherinnen des Abends vor die Kamera treten werde. Leider ohne Erfolg. Er habe eine ihm unverständliche Antwort erhalten, in der ihm für seine Anfrage gedankt wurde, er aber bitte zu Kenntnis nehmen solle, dass zurzeit alle Plätze als Nachrichtensprecher besetzt seien und auch in Zukunft keinerlei Aussicht bestehe, dass einer frei werde. Im Übrigen folge das Auswahlverfahren für Nachrichtensprecher anderen Regeln als den von Blindbewerbungen. Man wies ihn darauf hin, dass er sich von der Webseite der Tagesschau die entsprechenden Bewerbungsunterlagen herunterladen könne.

Was ist zu tun? Vielleicht könne Arco sich der Sache annehmen und mit einem Schreiben an die Verantwortlichen der Tagesschau gefällig sein, um den Einsatzplan der Sprecher und Sprecherinnen für zumindest einen Monat zu erbitten. Die Begründung für diese Bitte an die Intendanz der Tagesschau überlasse er dem Geschick Arco.

„Aha", sagte Arco zu sich, „nun hör dir das an… ich soll mir die Begründung ausdenken…"

Nur so viel sei gesagt, dass auch er, Rutkowski, einmal, oder besser nicht nur einmal, sondern lieber auf einige Dauer, gewinnen und den Namen des aktuellen Sprechers oder der Sprecherin als erster ausrufen möchte. Als erster vor Natascha! Mit dem Einsatzplan der Tagesschausprecher in der Hand käme er diesem Ziel erheblich näher. Er könne sogar mit dem gewonnenen Wissen des Plans seine erstaunliche Intuition vorführen, indem er den Namen des Sprechers oder Sprecherin schon vor dem Ertönen des Gongs nennen würde. Natascha säße dann zwangsläufig mit offenem Mund und großen Augen neben ihm, und ihrer Bewunderung wäre freier Lauf gelassen. Vielleicht würde er zur Demonstration seiner präkognitiven Fähigkeiten sogar schon mal am Frühstückstisch den Namen des abendlichen Tageschausprechers nennen. Er würde dies tun, nachdem er unvermittelt die Augen zusammengekniffen, still, aber irgendwie gequält in sich gehorcht hätte und dann den Namen unbeholfen aussprechen würde, als ob er sich schwer von der Zunge löste. Ebenso wie man es von einem Medium in tranceähnlichem Zustand erwarten dürfte. Das wäre ein Sieg und zwänge Natascha, ihre Nase weniger steil nach oben zu richten. Schlussendlich möchte er sich in aller Form und allem Nachdruck für das gelungene Pamphlet bedanken. Es hat seine Wirkung nicht verfehlt, denn nachdem Natascha es im Anzeigenblatt ‚Marktblick' gelesen hatte, habe sie es ihm gegenüber erwähnt, sich erstaunt, ja erschrocken darüber geäußert. Ihr sei nicht bewusst gewesen, dass eine derartige Menschenmenge durch den simplen Vorgang des Lesens im Bett am Einschlafen gehindert werde, da sich sogar der ‚Marktblick' dieses Umstands annehme. Sie hätte Besserung versprochen, allerdings wenn er es recht bedenke…

Arco legte den Brief beiseite, seufzte tief und schob mit dem Mittelfinger seine Stirnhaut beim Haaransatz beginnend nach unten hin glatt, daraufhin in die Gegenrichtung wieder faltig, um sie erneut mit kräftigem Druck von oben nach unten zu glätten. Er sah einige Atemzüge lang ins Leere und stellte sich stumm die Frage, die er sich häufig bei Klienten stellte. ‚Was ist der Mensch?‘ Und laut gab er sich die schon hunderte Mal geäußerte Antwort: „Keine Ahnung… nicht den blassesten Schimmer… woher soll ich denn das wissen.“

Alsdann griff er nach seinem Phone, suchte die Hamburger Nummer und tippte auf das Symbol des grünen Hörers. Das Rufzeichen erklang leise surrend an seinem Ohr und, so war anzunehmen und zu hoffen, um vieles lauter bei Torsten in Hamburg.

„Ich bin es, Arco…“

„Ejeh… das ist merkwürdig, ich habe in den letzten Tagen an dich denken müssen… du warst doch auch einmal in Ägypten. Wir waren jetzt vom Sender aus für eine Woche dort und sind durch alle Tempelanlagen und Ausgrabungsstätten geschleust worden, die in dem Zeitraum zu erreichen waren. In Kairo… ein gigantisches Museum… und an der Kairoer Universität ein Gewusel unvorstellbaren Ausmaßes… Über 200 000 Studenten und bald 19 000 wissenschaftliche Mitarbeiter… dabei ist diese Universität noch kleiner als die andere in Kairo, die Al-Azhar Universität, die sich ausschließlich islamischen Problemen widmet. Muss man sich mal vergegenwärtigen… Eine riesige Hochschule mit hunderttausenden Studenten und Studentinnen, die sich in erster Linie mit dem Islam beschäftigen… Wie hat es dir denn dort gefallen?"

„Problematisch", Arco ließ einen Seufzer hören, „die Dampferfahrt auf dem Nil war angenehm… wirklich, aber auch grundsätzlich nicht anders, als wenn du im Sommer auf der Havel mit dem Dampfer fährst…"

„Arco, du übertreibst…"

„Oder auf der Alster…"

„Erzähl' keinen Quatsch!"

„Doch! Am Ufer ziehen Palmen und Papyrus vorbei, anstatt, was weiß ich, Eichen und Fichten oder Apfelbäume… du sitzt auf Deck im Liegestuhl und süppelst dein Bier… es ist weniger Betrieb… am Ufer ist wenig zu sehen. Ab und zu paar ärmliche Häuschen, einige verhärmte Bauern… paar traurige Esel." Arco stieß einen Seufzer aus. „Im Ernst, das Land ist in einem erbärmlichen Zustand… bitterarm, bitterarm. Ich sage dir… das ist meine Theorie, das Land ist von dem maßlosen Pyramidenbau während der alten Dynastien bis auf den heutigen Tag erschöpft. Die können nicht mehr… die sind müde… ausgepowert… bis auf die Knochen von ihrer Schwerstarbeit traumatisiert. Wenn die auf ihre Pyramiden blicken, werden sie einfach nur müde… sie sind von Grund auf ermattet. Ist aber auch kein Wunder, wenn du diese riesigen Steinblöcke siehst, diese Quader, diese Stelen, die bewegt werden mussten… mit Muskelkraft wohlgemerkt, oder mit irgendwelchen Hebelinstrumenten oder Strickkonstruktionen…"

„Das stimmt", fiel Thorsten ein, „diese gigantischen Monster von Steinquadern haben die über viele Kilometer herangeschafft und dann millimetergenau eingefügt… bis in schwindelnde Höhen… unvorstellbar mit den damaligen Mitteln… und was für eine Logistik daran hing… unvorstellbar."

„Der reine Wahnsinn", pflichtete ihm Arco bei.

„Die Cheops Pyramide ist die älteste und größte der drei Pyramiden", redete Thorsten voll des Wissens, „sie besteht aus 2,3 Millionen Steinblöcken, von denen jeder im Durchschnitt über eine Tonne wiegt und bedeckt eine Fläche von mehr als 5 Hektar. Nach einer einfachen Rechnung hätten die Erbauer bei einem Zehnstundentag das ganze Jahr hindurch alle zwei Minuten einen Steinblock einsetzen müssen, um die Pyramide während der zwei Jahrzehnte von Cheops Regierungszeit vollenden zu können… Ist das denkbar?"

„Nein, ganz sicher nicht", sagte Arco, „Steine bewegen, ist doch das Letzte, was man sich wünscht. Wer will denn zwanzig Jahre lang Steine bewegen…" Er schüttelte ungläubig den Kopf. „Dabei war Ägypten zu Zeiten von Kleopatra das reichste Gebiet im gesamten Mittelmeerraum, das mit Abstand reichste, das mit dem höchsten Steueraufkommen, weshalb Cäsar es auch einsacken wollte… in das Imperium eingliedern… und heute nur noch ein Armenhaus… ein Jammer."

„Ägypten… oder Kleopatra?"

„Na beide, nehme ich an", Arco gluckste, „sie ließ sich doch in einem Teppich einrollen, nackend wird berichtet, höchstens ein, zwei Perlen oder so… und dann in Caesars Palast einschmuggeln… als Teppich. Da war sie rechtmäßige Königin von Ägypten, also rechtmäßige Herrscherin… und einundzwanzig. Man wickelte sie vor Cäsars Augen aus dem Teppich… kann man sich vorstellen, wie der reagiert hat, und so hat er auch reagiert. Cäsar und Kleopatra wurden ein Paar… bald darauf war sie schwanger."

„So ist es", hakte Thorsten ein, „mit Mark Anton hatte sie dann nochmal drei Kinder. Wir haben an der Universität Kairo einen Vortrag über Kleopatra, genauer über den Mythos Kleopatra gehört… war einer der Höhepunkte der Reise. Ein überaus würdiger Gelehrter mit rundem weißem Bart hat uns über Kleopatra aufgeklärt. Das meiste, was über sie kolportiert worden ist, hat er als pures Fabulieren abgetan. Das gilt für ihre angebliche Schönheit, so soll Plutarch gesagt haben, ihre Schönheit an sich fand wohl ihresgleichen… oder so ähnlich. Allerdings hat Plutarch sie auch nicht gesehen… spitze Nase, fliehendes, eckiges Kinn soll sie gehabt haben. Na, was man so alles sagt. Aber alle Quellen stimmen darin überein, sie sei eine bestrickende Gesprächspartnerin gewesen… einfach betörend. Doch all die anderen Sachen wie das Baden in Eselsmilch, die Sache mit dem Teppich oder der Tod durch Schlangenbiss sind eine Ausgeburt der Phantasie… der Phantasie vorwiegend des Westens… sagte der Gelehrte. Das war interessant… er hat uns anhand verschiedener Gemälde, von Gemälden westlicher Provenienz, gezeigt, wie im Laufe der Jahre auf den Bildern die Brüste von Kleopatra immer größer und die Schlange immer kleiner wurde. Spaßig. Auf dem jüngsten Gemälde sah man sie mit schwellenden Brüsten und einer Schlange, klein wie ein Regenwurm… dabei soll es eine Kobra gewesen sein… Hast du eigentlich schon einmal von dem Kleopatra-Dildo gehört?"

„Eher nicht… eigentlich…", Arco ließ den Satz in einem Husten untergehen.

„Ist auch gleich… der soll auch der überhitzten Phantasie irgendeines… entsprungen sein… ich hab´s vergessen. Ist egal."

„Ja, ist egal, Torsten, ich bin ein wenig in Zeitdruck und wollte dich um einen Gefallen bitten."

„Klar… worum geht´s?"

„Du weißt, ich habe den Lehrauftrag an der Fachhochschule für Gestaltung… Bereich Kommunikationswissenschaft. Ich führe ein Seminar durch, dass sich mit der Analyse der Tageschau beschäftigt… die redaktionelle Nachrichtenbearbeitung sowieso, aber noch mehr Fragen der Präsentation… wie ihr euch im Einzelnen gebt… Habitus, Stimmführung, Stimmmodulation, begleitende Mimik, Präperzeption und was für Schlüsse daraus eventuell zu ziehen sind und so weiter. Dich nehme ich aus… du bist mir zu nah… zu vertraut. Deshalb verzichte ich aus Paritätsgründen auch auf eine der Sprecherinnen… aber kannst du mir euren Einsatzplan für die nächste Zeit zuschicken, damit ich weiß, wann wer an die Reihe kommt? Geht das? Wäre eine große Hilfe…"

„Was soll denn Präperzeption sein?", fragte Torsten.

„Ach, weißt du…" Arco brach den Satz ab. Etwas Tumultartiges schien in die Geschäftsräume eingebrochen zu sein und sich geräuschvoll, mit rasendem Rhythmus und unheilvollem Tempo auf klackenden Absätzen seinem Büro zu nähern. Wie die Stoßwelle einer Explosion, die in einiger Entfernung stattgefunden und ihn jetzt gleich erreichen werde. Da wurde auch schon die Tür aufgerissen, und eine vor Wut bebende Chery, im Stadium höchster Empörung, außer sich, schrie ihren Zorn in höchster Erregung heraus und knallte ihre Handtasche mit aller Wucht vor Arco auf den Tisch. Der Verschluss sprang dabei auf, und ein restlicher Schwung Bienen suchte seinen Flug ins Freie…

„Ich scheiß´ auf Kleopatra und die Bienen!" Sie hatte sich

mit beiden Händen vor ihm auf die Tischplatte gestützt und es direkt in sein Gesicht herausgeschrien.

Arco drückte seine freie Hand auf das freie Ohr und sagte: „Entschuldige Torsten, ich muss abbrechen, du hörst ja, Aufruhr… und … bitte, bitte, den Arbeitseinsatzplan für die nächsten Wochen nicht vergessen…" Er starrte auf Chery und auf die ziellos umherschwirrenden Bienen und ahnte Schreckliches, doch Chery ließ ihn nicht beim bloßen Ahnen, sie verschaffte ihm Gewissheit. Unmissverständlich.

„Weißt du, was da hätte passieren können?", gellte sie, „kannst du dir das vorstellen? Diese Henne in ihrem Hahnentrittkostüm hat dich total eingeseift… kaum tritt so ein gestelztes Huhn über die Schwelle, brennen bei dir die Sicherungen durch. Ich habe dich doch gesehen, wie du sie in der Spiegelung vom Fenster beobachtet hast… du hast nicht unbeteiligt aus dem Fenster geguckt, du hast sie angeglotzt…"

„Aber ich habe doch…"

„Ich sag dir was, Arco, die Bienen können uns mal…, auch Kleopatra und die Hahnentritt Tussi allemal… viertausend Euro für so einen Schrott… Vielleicht wird dir mal klar, was da hätte passieren können… ich war gerade drauf und dran eines der Geräte an die Frau eines Freundes… als die Bienen aus meiner Handtasche… verstehst du überhaupt, worum es geht… was passiert wäre, wenn ich… oder irgendjemand anders… aber natürlich auf jeden Fall eine Frau…, denn du hast ja nichts damit zu tun! Du siehst das als Scherz an… ich soll es nicht so ernst nehmen, hast du gemeint! Ich kipp um vor Lachen… ich lach' mich kaputt, wenn Bienen in mir krabbeln… Kannst du dir überhaupt vorstellen, was passiert wäre, wenn eine Frau dieses idiotische Ding benutzt hätte? Wenn die blöden Bienen sich dabei selbständig gemacht hätten? Verstehst du das? Bienen sind dafür da… für Blüten und Honig… kapiert… und für nichts anderes! Vor allem nicht für solche perverse Abstrusitäten, die aufgeblasenen Schnallen oder ihren hirnkranken Wichsern einen Kick verpassen…"

Sie hielt inne, für einen sehr kurzen Augenblick hielt sie inne, um Luft zu holen und die Intensität ihrer zornigen Blicke, die Arco straften, ins Letztmögliche zu steigern.

„Vielleicht kannst du dich mal einem Projekt mit ausgeprägterem Sinngehalt widmen… vielleicht irgendetwas, bei dem man erkennen kann, wozu das nütze ist! Wie kommen wir dazu, uns von neurotischen Modeschnecken einspannen zu lassen, um deren Geschäftsmodelle zu befördern… Geschäftsmodelle… das ich nicht lache… Schundartikel exorbitanten Ausmaßes! Ich sage dir, Arco, streng dich an und stell was Ordentliches auf die Beine… etwas, worüber man auch mit anderen sprechen kann, etwas, was man erzählen kann, ohne tuscheln zu müssen. Ich könnte vor Scham im Boden versinken… eben habe ich noch Max Munro versucht…" Sie brach ab, stöhnte auf, schüttelte voller Unwillen ihren Kopf und verstummte.

Arco war blass geworden und presste die Lippen zusammen. Er griff zu seinem Phone und rief Sascha an. Mit der anderen Hand versuchte er beruhigend auf Chery einzuwirken, indem er die offene Hand dämpfend mehrmals auf sie zubewegte.

Als Sascha sein Phone einschaltete, hörte Arco den Verkehrslärm des Mittleren Rings im Hintergrund, das Brausen, den Lärm der Motoren, das Anfahren, das Hupen, aber er wusste von dem Radweg, der entlang der Straße führte.

„Hallo Sascha…"

„Hallo."

„Wo bist du?"

„Ich fahre gerade zurück… hab' es abgegeben, wie du gesagt hast."

„Der Dame?"

„Erst kam ein Mann… es war ein Riesenmann, aber ich hab's ihm nicht gegeben… und dann kam die Frau, sie sagte, sie sei Anne-Marie… wie es auf dem Päckchen steht… also habe ich ihr es gegeben… sie war sehr nett und hat mir fünf Euro gegeben."

Arco stockte, er hielt die Lippen weiterhin fest zusammengepresst. Er überlegte und ging hastig die Möglichkeiten durch, die sich anboten. Den Jungen zurückzuschicken, um das unheilvolle Päckchen zurückzufordern, war nicht ratsam. Anne-Marie hatte es sicherlich schon geöffnet, und wenn dann auch ihr Gerät defekt war, und die Bienen herumschwirrten, würde Sascha mit in die Sache hereingezogen. Auch wenn das Ding heil geblieben war, wäre es für Sascha unangenehm geworden. Besser er käme zurück…

„Gut gemacht, Sascha, dann fahr nach Hause, aber sei vorsichtig… pass auf den Verkehr auf."

„Mach' ich… aber ich wohne zurzeit bei Onkel Nikolai."

„Oh… dann sieh zu, dass du nicht in den Regen kommst."

„Was?"

„Ist schon gut… und grüß deinen Onkel und auch Natascha."

„Mach´ ich."

„Und Sascha… die fünf Euro von Anne-Marie ziehe ich

dir natürlich von deinem Lohn ab, versteht sich."

„Glaub' ich nicht", lachte Sascha

„Ist auch nur ein Witz." Arco legte das Phone ab.

Chery starrte ihn entsetzt an. „Was hast du mit deinem Päckchen gemacht?", fauchte sie ihn an, „was hast du mit dem Päckchen gemacht?"

Arco sah sie wortlos an.

„Du hast es Anne-Marie…?"

Arco hob die Schultern, ließ sie wieder sinken und vollführte mit den Händen eine Geste des Bedauerns, sollte wohl auch heißen, so sei das eben und er könne nicht für alles verantwortlich gemacht werden, was auf der Welt schieflaufe.

„Du hast gesagt, ihr habt euch im Guten getrennt."

„Nicht ganz so…", Arco blickte zur Seite und kratzte sich am Ohr, „war nicht ganz so."

„Sie hat dich sitzen gelassen…"

„Na ja, ich habe… sagen wir vereinfacht, ganz simpel ausgedrückt… Mist gebaut… und da hat sie mir schließlich den Laufpass gegeben."

Chery schüttelte ungläubig den Kopf. „Du bist ein Idiot, ein seltener Idiot."

Was sollte Arco dazu sagen… er sagte nichts, er sagte besser nichts. Nichts zu sagen, war besser als irgendetwas Dummes zu sagen.

„Und du schickst jetzt Anne-Marie als Rache diesen Schrott…" Chery sah ihn mit aufkommendem Abscheu an, in den sich grenzenlose Verwunderung mischte.

Arco fuhr sich mit beiden Händen durchs Haar, verschränkte sie hinter dem Kopf und zog eine schmerzhafte Grimasse, indem er die Lippen in die Breite zog, die Zähne entblößte und Luft einsog, sagte aber nichts.

„Was sollte das?"

„Eine Art Kurzschlusshandlung, nehme ich an… war nicht überlegt."

„Was soll sie denn damit anfangen? Was soll sie denken? Was hast du dir vorgestellt, wie sie darauf reagieren wird? Ich frage mich, was du damit überhaupt bezweckst…"

Arco holte tief Luft, löste die Hände aus der Verschränkung. Als er seinen Kopf zu Chery wandte und das Licht für eine Sekunde in einem bestimmten Winkel auf seine Netzhaut traf, glaubte sie einen feuchten Schimmer in seinen Augen zu erkennen.

„Wie würdest du reagieren, wenn dein Freund, von dem du dich getrennt hast… möglicherweise hast du dich unter Qualen getrennt, möglicherweise hat sich die Trennung angefühlt, als ob du dich häutest, als ob sie dir die Haut herunter reißen… in Stücken herunterreißen… Denkbar auch, dass es ihm ähnlich geht…, dass er ähnlich empfindet wie du, und du das genau weißt, dass es ihm ebenso geht. Du weißt aber auch, dass die Konflikte, die Streitigkeiten, die Unvereinbarkeiten ewig und drei Tage andauern werden, niemals aufhören… immer und immer wieder… jede Vergebung, jede Verzeihung, jede Versöhnung die Grundlage für neue Streitigkeiten sind, und dass es das einzig richtige ist, sich zu trennen. Wie würdest du reagieren, wenn dann dein Freund dir ein solches Päckchen schicken würde?"

„Ich wüsste dann, die Trennung ist endgültig…", sagte Chery zögernd.

„Genauso…", presste Arco hervor, nickte einige Male. Es trat eine Pause ein, dann raffte er sich zusammen und änderte die Tonlage. „Im Übrigen scheint Anne-Marie schon Trost gefunden zu haben. Als Sascha bei ihr geläutet hat, machte ein Mann die Tür auf… er soll sehr groß sein, sagt auch Sascha... ein Riese."

„Sagt auch Sascha? Das soll wohl ein Witz sein…"

„Na wen schon… ich habe Erkundigungen über ihn eingeholt." Arco öffnete die Tür seines Schreibtisches, zog eine Schublade heraus und fingerte nach einem Kuvert, dem er ein Dutzend Schnappschüsse entnahm, die er Chery reichte. „Kannst ihn dir ansehen…"

Chery griff nach den Fotos und betrachtete den Mann, der da aus verschiedenen Perspektiven aufgenommen zu sehen war, gut ein Kopf größer als die übrigen Passanten. Mal überquerte er eine Straße, wobei er zur Seite blickte, mal war er im Begriff die Stufen einer eindrucksvollen Treppe herabzukommen, anscheinend die eines historischen Gemäuers. Weitere Aufnahmen, wo er eher unscharf zu erkennen war, wie er ging oder stand, im Hintergrund ein See. Einmal blickte er direkt in die Kamera mit einem Ausdruck, als ob er genau wüsste, was gespielt werde.

Chery reichte die Aufnahmen zurück. „In der Tat, ein großer Mann", sagte sie beeindruckt, „beinah ein Hüne… sieht aber ganz sympathisch aus."

„Warum nicht…", giftete Arco, „jedermann hat das Recht sympathisch auszusehen, vom Zwerg bis zum Riesen, die ganze Palette. Die Frage ist nur, ob er es auch ist."

„Hast du ihn gesehen?"

„Ich habe ihn mir angesehen."

„Und?"

Arco zog die Mundwinkel nach unten, zuckte mit den Schultern, sagte aber nichts.

„Die Fotos…?"

„Die Fotos hat Dobereiner gemacht… wie sonst auch."

„Das hat der doch mitbekommen."

„Gut möglich."

„Wie heißt er überhaupt?"

„Luuk…, Luuk van Porten."

„Wie der Eierlikör?", spöttelte Chery, „ist wohl Holländer?"

„Nein, der Eierlikör schreibt sich Verpoorten. Der hier heißt van Porten… es gibt einige alte niederländische Maler, die den Namen tragen."

„Was macht er denn beruflich?"

Arco schnickte aus dem Mundwinkel. „Er war Ringer… oberste Gewichtsklasse… heute führt er ein Unternehmen, das Nahrungsmittel vor allem übers Internet vertreibt… Erdnussbutter und sowas… und natürlich Käse… Käse rund, Käse eckig… Käse in allen Größen und in jedweder Form… scheint damit Erfolg zu haben."

Chery sog Luft durch die Nase ein, so als ob sie etwas Brenzliges röche. „Was willst du jetzt machen?"

„Nichts… ich weiß, wie er aussieht. Ich wollte wissen, wie er aussieht, das ist alles."

IX

Luuk van Porten und die vier Apostel

„Lass mal hören, was für die nächste Zeit ansteht." Arco sprach zu Chery, die ihm gegenüber saß und ihren Terminplaner durchsuchte. Er hatte das Jackett abgelegt, löste den Knoten der Krawatte und griff nach der Tasse Kaffee, die vor ihm stand. Er trank und zündete sich dann eine Zigarette an.

„Erzähl' lieber erst einmal, wie es im Ministerium war… lief alles gut?" Chery hatte nicht die Augen von ihrem Terminplaner gelöst, als sie ihn aufforderte, von seinem Besuch im Ministerium zu berichten.

Arco lehnte sich zurück und lachte zufrieden ob des üppigen Honorars, das sie erwartete. ‚Bayerisches Staatsministerium für Familie, Arbeit und Soziales'… so heißt es korrekt… wirst dich daran gewöhnen."

„Was war denn nun? Lass dich doch so lange nicht bitten." Chery sah von ihrem Terminplaner erwartungsvoll auf.

„Gut?... Trifft es nicht ganz…die fressen mir aus der Hand." Er klatschte in die Hände und lachte erneut. „Die können gar nicht anders, so scheint es… ein Ministerium in Not… Das Gespräch führte diesmal der Staatsekretär… demnach hochrangig… und später ließ sich sogar

die Ministerin persönlich blicken und fasste ihre Erwartungen zusammen… mit der dringlichen Bitte an mich, sie nicht zu enttäuschen." Arco zog hingebungsvoll an seiner Zigarette und blies Ringe in ihre Richtung. „Wir werden ein oder zwei Leute einstellen müssen, wenn wir diesen Job machen…" Weitere Rauchzeichen in Richtung Chery. „Und ich denke, wir werden den Job übernehmen… wir sollten mal wieder Geld verdienen…"
Chery sah ihn fragend an.

„Nur so… zum Spaß… ab und zu müssen wir es uns und der Welt zeigen, dass wir auch Geld verdienen können. Money makes the world go round… wir können uns da nicht immer raushalten, sonst werden wir eines Tages nicht für voll genommen."

„Wollen wir das denn?"

„Unbedingt… wir müssen nicht immer verstanden werden bei dem, was wir machen, aber man muss uns Respekt entgegenbringen. Das ist unerlässlich… andernfalls hätte sich auch das Ministerium nicht an uns gewandt."

„Und wozu Leute anstellen?"

„Wir werden eine Menge Organisationsfragen zu klären haben… eine Menge. Wir werden dazu so einen akribisch arbeitenden Menschen brauchen, einen regelrechten Akribischen… und mit einer angenehmen Telefonstimme… die muss er haben, es muss viel telefoniert werden."

„Worum aber geht es nun?"

„Das Staatsministerium für Arbeit, Soziales und Familie…"

„Andersrum."

Arco stutze für einen Augenblick, wollte den Einwand zunächst ignorieren, aber überlegte es sich, denn wenn man ernst genommen werden will, muss man die Namen der einzelnen Bereiche des Ministeriums schon in der korrekten Reihenfolge nennen.

„Familie, Arbeit und Soziales… so, ja? Worum geht's… Die wollen ihre verschiedenen Projekte mit der szenischen Berufsberatung durchführen. In den sozialen Berufen, insbesondere in den Erziehungs- und Pflegeberufen, von der Krippe bis zum Altenheim, herrscht bekannter Weise ein gravierender Mangel an Arbeitskräften. Da haben sie versucht aus Thailand und was weiß ich woher noch, welche zu rekrutieren… einigermaßen mit Schwierigkeit verbunden, wie man sich denken kann… Also jetzt die szenische Berufsberatung. Alle Schulen im Land werden angeschrieben und ihnen wird vorgeschlagen, an einem Projekt teilzunehmen. Schüler sollen Alltagssituationen aus den jeweiligen Berufsfeldern in kurzen Sketchen auf die Bühne bringen, auf die Schulbühne. Die für die Berufe typischen Situationen werden in einem Workshop unter der Anleitung eines Regisseurs oder einer Regisseurin und mit Hilfe von jeweils vier Experten aus eben diesen Berufsfeldern erarbeitet. Am Schluss der Woche gibt's dann die Galavorstellung. So etwa in aller Kürze… und dann beißen einige Schülerinnen und Schüler vielleicht an und überlegen sich, ob sie Erzieher oder Krankenschwester oder Altenpfleger oder Ähnliches werden wollen.

Das funktioniert vom Prinzip her sehr gut. Die Schülerinnen und Schüler machen mit und die Aufführungen klappen… aber was nicht klappt ist die Organisation. Die haben einige hoch motivierte und talentierte Theaterpädagogen, die die Schüler begeistern… grandios können die das. Was sie nicht verstehen, ist die Organisation des Ganzen. Es sind Theatermenschen und nicht Organisatoren… und die Ministerialbürokratie, die Leute im Ministerium, die treffen nicht den Ton der Theaterleute… verstehen deren Mentalität nicht. Die kommen nicht miteinander aus. Überdies verstehen die Ministerier sich nicht als diejenigen, die Hotelzimmer und Tische im Restaurant reservieren. Die Projekte drohen in einem organisatorischen Chaos zu versinken. Jemand muss das Scharnier zwischen Theaterleuten, den Schulen und dem Ministerium sein. In der Hauptsache also einfühlsam organisieren."

„Was da wäre?"

„Was da wäre… die Schulen anzuschreiben und mit den Direktoren zu verhandeln. Direktoren sind ein besonderer Menschschlag… versuch mal einem Direktor plausibel zu machen, dass in seiner Schule… ist egal was… ist immer schwierig. Die notwendigen Räumlichkeiten müssen bereitgestellt werden. Dann müssen die Schüler und Schülerinnen in den Klassen etwa vier Wochen vor der Aufführung gecastet werden. Ein Casting Team, meist geschickt operierende Rentner, zwei davon, die von den Jugendlichen als eine Art Großeltern angesehen werden, muss dieses Auswahlverfahren bewerkstelligen… Das Casting Team muss erst einmal gefunden werden… geeignete Großeltern. Das Casting Team muss in einem Hotel übernachten. Die Schulen befinden sich im ganzen Land… überall. Das Casting Team lädt die angesprochenen vier Experten – die auch erst einmal gefunden werden wollen - und die Schulleitung zu einem Essen in einem ortsansässigen Restaurant ein. Im Zuge der Projektwoche muss der Theaterpädagoge, respektive -pädagogin die Woche über in einem Hotel wohnen.

Die gesamte Ausrüstung… Scheinwerfer… Ton, Requisiten, eben alles… muss bereitgestellt oder herangeschafft werden. Das muss alles terminmäßig ineinandergreifen. Und… nicht zu vergessen, es muss eine absolut transparente und zuverlässige Abrechnung erfolgen… zwischen Casting Team, Hotel und Restaurantrechnungen, Kilometergeld, Theaterpädagogen mit allen Kosten und Pauschalen… das geht dann an das Ministerium."

Arco lehnte sich zurück und verschränkte die Arme hinter seinem Kopf. „Und das werden wir zu Wege bringen. Wir sind das Scharnier, denn wir können das."

Chery sah nicht glücklich aus. „Ich kann nicht sagen, ich hätte alles verstanden, was da abläuft… aber es klingt irgendwie öde… bedrückend. Dann sind unsere reizvollen, vielfältigen, auch traulichen Tage hier gezählt", sagte sie bekümmert, „hört sich nach einer Menge Lärm an, nach langweiligem Lärm… nach immerwährender Routine… nach einer endlosen Schleife ohne Anfang und ohne Ende."

„Du wolltest doch, dass ich was Vernünftiges mache, etwas worüber man reden kann, ohne sich dafür schämen zu müssen…"

„So habe ich das nicht gemeint…", sie verzog das Gesicht und wandte den Kopf ab, „wer hat denn Lust dazu… es gibt in Bayern wahrscheinlich mehr als tausend Schulen…"

„Es gibt mehr als sechstausend Schulen in Bayern", warf Arco ein.

„Oh…echt, eine Lawine… Wer hat denn Lust mit neurotischen Direktoren, ausgelaugten Lehrern, renitenten Schüler und dazu noch Großeltern - wieso eigentlich Großeltern, wie kommen die darauf? Wer hat denn Lust auf Dauer immer dieselben Veranstaltungen mit denen zu planen. Das ist doch ätzend."

„Vielleicht etwas viel an Vorurteilen…"

„Menschen wie Rutkowski geraten ins Abseits… schau mal, der Mann mit dem Regenmantel, für den und andere werden wir dann keine Zeit mehr haben… wäre schade, finde ich. Selbst um die durchgeknallte Sabrina wäre es schade… die sind Raritäten."

„Nicht unbedingt", erwiderte Arco, „Wenn wir das ganze Projekt weitgehend auslagern… im übernächsten Haus, gleich neben uns, sind einige Räume frei… ich habe mich schon erkundigt. Wenn wir die anmieten und die Organisation von dort aus… mal sehen…" Er furchte die Stirn und fuhr sich durch das Haar, energisch schüttelte er den Ausblick ab. „Nein, nein… wir hier bleiben bei unserer Linie und kümmern uns um die Rutkowskis und wer noch alles bei uns anlandet… und die endlosen Projektwochen des Ministeriums werden ausgelagert zu den Akribikern mit der angenehmen Telefonstimme." Er schlug mit der flachen Hand auf den Tisch. „Wir stellen zwei Leute ein, die das managen sollen."

Chery nickte und sah wieder auf ihren Terminplaner. Sie hatte einen strengen, bitteren Zug um den Mund bekommen, der sich langsam löste und ihre Züge jetzt weicher werden ließen. Sie schob eine herabfallende Haarsträhne zurück. „Willst du noch wissen, was demnächst alles ansteht?"

„Ja, natürlich… schieß los."

„Das Reisebüro ‚Lorbeer' fragt an, ob du Lust hättest, eine Busreise an den Gardasee zu übernehmen. Sie schlagen vor, einmal rund um den Gardasee, paar Übernachtungen mit Abstecher nach Verona oder Mantua mit einem Besuch des Palazzo Ducale und den Fresken... warte mal, hab es mir aufgeschrieben... von Mantegna. Außerdem eine Visite in Arco und ein Versuch der Route Dürers nachzuspüren, die der damals... Woher wissen die das?"

„Weil ich es ihnen gesagt habe... Die denken wohl, ich bin noch mit Anne-Marie zusammen... die dann den kunsthistorischen Part übernimmt."

„Ja, den Eindruck hatte ich auch. Die Anfrage geht wohl an euch beide."

„Aber nein... absagen."

„Absagen?"

„Oder nein... sag ihnen, ich überleg es mir... kann ja witzig werden... allerdings mit Honorar. Die verdienen Geld mit der Reise, nicht zu knapp..."

Chery machte eine Notiz auf ihrem Block und fuhr fort. „Hertlein, der Rechtsanwalt will dich sprechen... will vorbeikommen..."

„Ja, soll er... mach was aus. Vielleicht tut sich was mit den Millionen in der Steuersache. Soviel ich weiß, gibt es schon ein Urteil, das unserer Position Recht gibt, aber es ist noch nicht rechtskräftig. Die Steuerbehörde hat Revision eingelegt. Kann man ihr nicht verübeln... würde ich an ihrer Stelle auch tun."

„Dann hat sich die Firma ‚Siebold & Siebold‘ gemeldet..."

„Wer? Ach, die..."

„‘Siebold & Siebold‘... das große Geschäft für Schreibwaren und Schreibgeräte, Bürogeräte... elektronische Bürogeräte aller Art in der Herzbergerstraße. Die hegen den Verdacht von Inventurbetrug und bitten dich, dir das Ganze mal anzugucken, bevor sie weitere Schritte einleiten.“

Arco klopfte im Wechsel mit Zeigefinger und Mittelfinger nervös auf die Tischplatte. „Ja… mach einen Termin aus. Das ist doch bei denen fast jedes Jahr dasselbe… die und ihr Inventurbetrug… immer sind sie auf der Suche nach verschwundenen Lieferungen und vermissten Chargen. Dabei hat entweder der Seniorchef vergessen den Juniorchef über Bestellungen zu unterrichten oder der Junior hat den Senior nicht korrekt informiert… aber bitte.“

„Eine Frau von Mühlberger hat angefragt… du kennst sie?“

„Na ja… kennen…“

„Ihr Mann ist verstorben und sie…“

„Nein, nein, nein… grundsätzlich keine Grabreden, Nachrufe oder Gedenkworte… nichts über Tote. Machen wir nicht. Das Beschönigen und Glätten der Lebensläufe Verblichener überlassen wir anderen… da gibt es Spezialisten, regelrechte Trauerkünstler. Kannst du ihr bitte absagen.“

„Dann wäre da noch was… klingt interessant…“

Beide horchten auf, oder muss man eher sagen, schraken auf, denn die Türglocke schrillte. Sie schrillte lauter und intensiver als sonst. Die Türglocke, die keinen gefällig schwingenden Ton erzeugte, vielmehr ein unangenehmes Schrillen mit einer harten, aufgesetzten Spitze, was etwas Alarmartiges an sich hatte. Zudem die Art… die Art wie die Türglocke anschlug, ließ darauf schließen, dass jemand barsch und ausdauernd den Klingelknopf betätigte und Eintritt forderte. Unangenehm das Schrillen.

Chery erhob sich stirnrunzelnd von ihrem Platz. „Ich

geh' mal, ich wollte mir ohnehin ein Glas Wasser holen." Sie verließ den Raum, man hörte, wie ihre Schritte umso leiser wurden, je mehr sie sich der Eingangstür näherte. Dann trat kurz eine Stille ein, undeutlich waren Stimmen zu hören, die bald darauf abbrachen, woraufhin sich Chery auf ihren Stöckelschuhen wieder dem Büro zu nähern schien, denn sie wurde mit jedem Schritt vernehmbarer, auf ihren klackenden Absätzen, deren Geräusch beim Näherkommen von weiteren, leiseren, schmiegsameren gedämpft wurden. Als Chery in der Tür stand, riss sie in gespieltem Entsetzen ihre Augen auf. Sie signalisierte, dass Ärger anstehe, indem sie auf italienische Art aus dem Gelenk heraus mit der Hand wedelte und dabei die Lippen spitzte und einen Pfiff andeutete. „Der Eierlikör-Mann…", sagte sie und machte eine Kopfbewegung zu dem Mann hinter ihr, der den Türrahmen ausfüllte. Luuk van Porten trat ein. Er beugte instinktiv seinen Kopf, obwohl der Türstock selbst für ihn hoch genug war, aber wegen seiner Körpergröße hatte er es zur Gewohnheit werden lassen, jedes Mal beim Überschreiten einer Schwelle, sich vorsorglich zu ducken. Arco starrte ihn an wie eine Erscheinung aus einer anderen Welt. Der erste Gedanke, der ihm durch den Kopf schoss, war die Vorstellung, wie Anne-Marie mit ihm zurechtkäme, wie sie sich fühlen müsste, unter so einem riesigen Körper begraben zu sein oder umschlungen zu werden. Er wollte sich das gar nicht vorstellen, konnte aber nicht umhin, die sich ihm aufdrängenden Bilder, wie Anne-Marie von Luuk van Porten zerdrückt wurde, wahrzunehmen. Sie spulten sich vor seinen Augen ab… mit sehr unerfreulichen Details. Was hatte sie sich dabei gedacht… wollte sie riskieren, zerquetscht zu werden… Die Massigkeit seiner Gestalt wurde noch durch den Kamelhaarmantel unterstrichen, den er trug, der ihm aber hervorragend stand.

„Ich hoffe, ich komme nicht ungelegen", sagte Look van Porten und näherte sich dem Schreibtisch, an dem Arco saß, „ich bin ja nicht angemeldet." Dabei betonte er das ‚ich bin ja nicht angemeldet' auf eine nachlässige Weise, so dass der Eindruck entstand, eine Anmeldung sei in seinem Fall überflüssig.

Arco, der jetzt aufstand, um seinen Besucher zu begrüßen, wobei ihm unklar war, wie die Begrüßung ablaufen sollte, dachte sich, es dürfte kaum einen Satz geben, der eine vergeblichere Hoffnung beinhaltete. Indessen traf der zweite Teil des Satzes definitiv zu, Luuk van Porten kreuzte unangemeldet auf.

„Nein, nein, nicht im Geringsten", sagte Arco, „im Gegenteil, wir haben Sie erwartet." Er rang sich ein Lächeln ab.

„Das freut mich", erwiderte van Porten mit einem amüsierten Schmunzeln, „ich dränge mich nur ungern jemandem auf." Er streckte Arco seine Hand entgegen, die dieser nach einem kurzen Zögern ergriff, wobei das so nicht ganz richtig ist, denn Arco war nicht in der Lage van Portens Hand zu ergreifen, er hätte sich allenfalls daran festhalten können. Van Portens Hand war zu groß, als dass Arco sie ergreifen konnte, vielmehr war es van Porten, der Arcos Hand ergriff, umfasste und sie sodann drückte. ‚Arme Anne-Marie' schoss es Arco durch den Kopf, als er den anwachsenden Schmerz aushielt, den der Zugriff van Portens verursachte, ‚arme Anne-Marie'.

„Ich geh' dann mal", rief Chery fröhlich aus, „und lass euch allein." Sie nahm ihre Handtasche, schwenkte sie einmal um ihren Arm und verließ den Raum. Die beiden Männer schauten ihr hinterher, und zumindest Arco hätte es vorgezogen, wenn sie geblieben wäre… hätte der Stimmung vielleicht geholfen, sie möglicherweise unbeschwerter werden lassen.

Als van Porten Arcos Hand losgelassen hatte, vermied dieser, sich etwas anmerken zu lassen, rieb nicht die schmerzenden Gelenke, schnitt keine Grimasse, lächelte vielmehr eisern und lud seinen Besucher ein, Platz zunehmen. Van Porten dankte mit einem Brummen, musterte den zugewiesenen Stuhl misstrauisch, ging einmal um ihn herum und begann, sich in ihn zu zwängen, was Schwierigkeiten bereitete, denn die seitlichen Armlehnen behinderten ihn bei der Inbesitznahme. Er presste sich schließlich zwischen die Lehnen in den Sitz. Eingekeilt saß Luuk van Porten, eingeklemmt von den Armstützen, mit kaum einem Bewegungsspielraum. Er wirkte hilflos. Wäre der Mann jetzt freihändig aufgestanden, würde der Stuhl an seinem Gesäß hängenbleiben. Das nahm ihm ein wenig von seinem selbstverfügten Erscheinen, von seinem selbstbewussten Auftritt. Arco registrierte es mit Genugtuung.

Arco hatte sich ebenfalls gesetzt und betrachtete den eingezwängten van Porten aufmerksam. In der Tat machte er einen sympathischen Eindruck, das ließ sich nicht leugnen. Angenehme Züge, offen und freimütig, die er auf den Fotos schon vorher bemerkt hatte, die in der Realität aber eine stärkere Wirkung entfalteten. Ein ebenmäßiger Mund mit kleinen sichelförmigen Falten an beiden Seiten, die sich beim geringsten Auseinanderziehen der Lippen vertieften. Sie ähnelten Grübchen, die allgemein gut ankommen. Ein Grübchen ließ sich auch auf dem markanten Kinn erkennen. Die Nase, leicht gebogen, nahm sich zwischen den starken Wangenknochen eher fein aus und war weit entfernt einer gequetschten Boxernase zu gleichen, aber Luuk van Porten war schließlich Ringer gewesen und nicht Boxer. Macht wohl einen Unterschied bei den jeweiligen Nasen. Er blickte aus braunen, etwas verträumten Augen in die Welt, wobei deren Ausdruck sanft, ja fast gütig zu nennen war. Von Aggressivität nicht die geringste Spur. Das braune, volle Haar trug er gescheitelt und zurückgekämmt, wodurch seine hohe Stirn betont wurde. Alles in allem ein Mann, dem man vertrauen konnte oder wie es immer hieß, bei dem man jederzeit ein Gebrauchtauto kaufen würde… besser ein gebrauchtes Fahrrad, kam es Arco in den Sinn, denn Holländer fahren in erster Linie Fahrrad. Weiß jeder.

„Wollen Sie nicht Ihren Mantel ablegen… dann sitzt es sich besser. Ich meine, Sie sind dann nicht so beengt." Arco begleitet seinen Vorschlag mit einer einladenden Geste. Van Porten guckte erst an einer Seite an sich hinunter, dann an anderen, packte die Armlehnen und stemmte sich aus dem Stuhl. Er zog den Mantel aus, zeigte sich einverstanden, indem er mehrfach bestätigend nickte, und als er sich wieder setzte, fiel es ihm wesentlich leichter, Platz zu nehmen. Den Mantel legte er über den Schoß und faltete die Hände darüber.

„Sie sind Arco", sagte er, „ich habe gehört, Sie legen Wert darauf, Arco genannt zu werden… Anne-Marie wies mich darauf hin. Nun dann, Arco… ich bin Luuk." Er sprach seinen Namen etwas undeutlich aus. Sein Deutsch war zwar ausgezeichnet, in weiten Teilen akzentfrei, aber bei der Nennung seines Namens verfiel er in das Idiom seines Herkunftslandes. Der Vokal erhielt eine unbestimmte Beimischung und schien zudem irgendwo in Luuks Kehle stecken geblieben zu sein.

„Hallo Luuk", erwiderte Arco, der eine anders verlaufende Gesprächseröffnung erwartet hatte.

„Man spricht es nicht mit einem langen ‚u'", sagte Luuk, der offenbar nicht das erste Mal die Aussprache seines Namens korrigierte, „das ist kein deutscher Name, sondern ein niederländischer, mithin kein langes ‚u', das ist nicht korrekt, sondern ein kurzes ‚ü', etwa so wie in ‚Glück'."

Arco hob die Brauen. „Ach so…"

„Wollen Sie es noch einmal probieren? Ich meine, die korrekte Aussprache meines Namens zu versuchen…"

„Sie wollen, dass ich Ihren Namen… die Aussprache Ihres Namens üben soll?"

„Nicht üben, Arco, Sie sollen ihn einfach korrekt aussprechen… das ist doch nicht zu viel verlangt. Ich bin Ihnen schließlich auch entgegengekommen, indem ich Sie Arco nenne… müsste ich nicht… ich könnte Sie auch anders nennen. Mir fiele einiges ein." Das Träumerische in van Portens Augen war gewichen und hatte etwas anderem, schwer Definierbarem, Platz gemacht.

Arco begann, sich ausgesprochen unwohl zu fühlen. Er zögerte und fixierte Luuk, der seinem Blick mühelos standhielt.

„Probieren Sie es einfach, Arco, sprechen Sie Luuk so aus, als wenn sich in der Mitte ein kurzes ‚ü' befände… ebenso, wie in ‚Glück'."

Arco entschloss sich kurzerhand das Geplänkel zu beenden und einzulenken. „Luuk", sagte er und vermied das langgezogene, doppelte ‚u' im Schriftzug, und es klang wie in ‚Glück'. „Hallo Lück."

Luuk schien zufrieden, zunächst zumindest, denn eine gewisse Genugtuung spiegelte sich in seiner Miene, die jedoch bald darauf erneut jenem anderen Platz machte, jenem anderen, schwer definierbarem, das Arco auf der Hut sein ließ.

„Sie werden sich vielleicht fragen", hob Luuk wieder an, „weshalb ich Sie aufsuche…" Er sah zu Arco und ließ den Satz in der Schwebe bis ersichtlich war, dieser würde darauf nicht eingehen wollen. „Nun gut… sei es drum… ich komme zur Sache." Er seufzte, als ob ihm das Folgende eine Last sei. „Ich war Zeuge jenes Ereignisses, als der Junge bei Anne-Marie auftauchte… übrigens ein kluges Kerlchen, will ich meinen. Er hatte ein Päckchen bei sich, das er mir nicht geben wollte. Ich spaßte noch und sagte, mir könne er es doch ruhig aushändigen, ich würde es dann weiterreichen… aber nein, er wollte nicht, schüttelte ganz ernst den Kopf… nein, und meinte, er würde es nur der Dame übergeben, deren Namen auf dem Papier stand. Also rief ich Anne-Marie… Sie sah das Kerlchen, und er gab ihr das Päckchen, nachdem er sie nach ihrem Namen gefragt hatte. Anne-Marie steckte ihm noch ein Trinkgeld zu, und dann verschwand er. Anne-Marie hatte das Päckchen in der Hand und betrachtete es neugierig… irgendetwas kam ihr seltsam vor. Sie hielt es ans Ohr… und dann hörte ich es auch… dieses Summen. Uns kam es verdächtig vor… ein Absender war nicht vermerkt. Wir haben es auf dem Tisch langsam geöffnet… Tja, Arco, was soll man zu dem Ding sagen, das da zum Vorschein kam?"

Er hatte zweifelsfrei die Frage an Arco gestellt und wartete mit leicht schief gestelltem Kopf und der Andeutung eines Schmunzelns auf eine Erklärung, die aber nicht kam. Arco verharrte wortlos.

„Nun wir wussten es auch nicht… zunächst jedenfalls nicht und rätselten, was das denn sein könne. Wir sind da nicht so versiert… auf diesem Gebiet. Bis dann Anne-Marie die Karte aufnahm und las. Sie wurde blass, bleich und gelb… wie ein Stück Käse, wenn ich das mal so un-umwunden sagen darf… und so fühlte sie sich auch… wie schlechter Käse." Die Stimme von Luuk nahm an Schärfe zu, er hob anklagend den ausgestreckten Finger. „Der Text war von Grund auf perfide, durch und durch gemein, eine einzige Perfidie… und der Text und das Ding stammt von Ihnen, Arco, von Ihnen."

„Ist so weit richtig, Luuk, will keiner bestreiten… aber weder das Ding, wie Sie es nennen, noch die Karte waren für Sie bestimmt. Im Grunde geht Sie das nichts an. Ich habe es an Anne-Marie geschickt, nicht an Sie… verstehen Sie?"

Luuk nahm sein Schmunzeln wieder auf, was die angenehmen, sichelförmigen Falten zu Seiten des Mundes hervortreten ließ, bewegte den Kopf abwägend hin und her. „Kommt darauf an, wie man es sieht. Oberflächlich haben Sie Recht. Das Päckchen war an Anne-Marie adressiert… nicht an mich. Aber…", hier legte Luuk eine Pause ein, beugte sich vor und löschte sein Schmunzeln, „eben in ihrem Namen bin ich jetzt bei Ihnen. Ich werde Ihnen sagen, was Sie zu tun haben… ich werde Ihnen sagen, worauf Anne-Marie besteht, was Sie tun sollen…"

Arco fingerte nach einer Zigarette und zündete sie an. Er hielt es für überflüssig, Luuk eine anzubieten. „Was ist denn, wenn ich dem nicht nachkomme, was Sie mir zu sagen haben?"

„Arco, stellen Sie nicht Fragen, die sich nur durch Taten beantworten lassen. Noch ist nicht die Zeit für Taten, und ich würde mir für Sie wünschen, diese Zeit käme nie… Nein, nein lassen wir das", sagte er ärgerlich und wischte mit einer Hand etwas beiseite, „es geht darum, dass Sie begreifen, wie sehr Sie Anne-Marie verletzt haben. Sie haben Sie sehr verletzt… sehr."

Arco wendete den Blick zur Seite und stieß den Rauch aus, zog erneut an der Zigarette und inhalierte, um dann sehr langsam die Schwaden entlang seiner zugekniffenen Augen empor steigen zu lassen. „Mir ist es gleich… denken Sie, was Sie wollen… aber es geht Sie nichts an."

„Ich bin hier", fuhr Luuk fort, „um Ihnen zu sagen… Anne-Marie ist zu der festen Überzeugung gekommen, dass Sie ihr etwas schulden. Was sie ihr angetan haben, verlangt einen Ausgleich, einen angemessenen Ausgleich… es ist archaisch… archaisch wie die Blutrache… ein angemessener Ausgleich. Es ist wie bei einer Waage. Die eine Schale ist zutiefst zu Boden gedrückt… durch Sie, Arco. Und Anne-Marie verlangt danach, wieder ins Gleichgewicht zukommen. Egal wie… verstehen Sie… egal wie. Sie möchte nicht dauerhaft auf der unteren Waagschale hocken und die Welt von unten her betrachten müssen. Sie sollen das Gleichgewicht wieder herstellen, Sie sollen dafür Sorge tragen, dass ihre Schale sich hebt und sie der Welt ins Gesicht sehen kann… Sie sollen etwas tun, was ihre Tränen trocknet und sie der Welt ins Gesicht sehen kann… Der eine Weg ist… und dieser Weg ist für uns alle der beste… glauben Sie mir, auch für Sie… er wäre für uns alle die beste Lösung…"

„Und der wäre?" Arco sah müde aus, als er die Frage stellte, guckte ins Leere, war nicht sonderlich interessiert oder wenn er interessiert war, ließ er es sich nicht anmerken.

Luuk sah Arco mit einem Blick an, der verriet, dass er nach einer Lösung suchte, wie er diesen überzeugen kön-ne, den einen Weg, den aus reinem Herzen vorgeschla-genen, diesen spektakulärsten und riskantesten aller Wege zu beschreiten, diesen Weg, der die Chance böte, die Dinge ins Lot zu bringen. Und war es der Blick Lu-uks, oder war es die unerwartet eindringliche Art, in der Luuk seine Rede vorbrachte...? Arco löste sich aus seiner gleichgültigen Haltung, schlüpfte aus dem Kokon, in den er sich zurückgezogen hatte und straffte sich. Neugierig geworden hob er den Kopf und sah Luuk erstaunt an.

„Und der wäre, Luuk?“

Obwohl Arco dessen Namen erneut mit dem langen ‚u‘ ausgesprochen hatte, sogar mit einem bewusst provozie-renden langgezogenem ‚u‘ und nicht mit dem Glücks-ü, sah Luuk darüber hinweg.

„Hören Sie Arco, wenn Sie das zustande bekommen, ist Ihnen... ist Ihnen landesweite Aufmerksamkeit gewiss, reichlich Aufmerksamkeit würde ich meinen, ohne da-bei zu übertreiben... und, was dabei noch viel wichtiger ist, Sie würden Anne-Maries Gleichgewicht wieder her-stellen.“ Er zögerte kurz und fügte eher beiläufig hinzu, „und auch ich wäre dann zufrieden... ergreifen Sie die Gelegenheit und wählen Sie diesen Weg... Sie könnten es... “

„Und der wäre, Luuk? Wir benötigen die Wegbeschrei-bung“, Arco hatte wieder zu dem Glücks-ü zurückgefun-den, „ich meine, den Weg hin zur Aufmerksamkeit... zur der landesweiten... wie soll der aussehen?“

„Gehen wir doch mal davon aus, was Sie am besten kön-nen...?“

„Sie werden es mir sagen.“

„Kommen Sie, Arco, da muss man nicht lange rumrätseln… Schreiben oder Briefeschreiben ist Ihre Stärke. So betiteln Sie sogar Ihre Webseite… bitterbösebriefe.de… das ist doch keine Frage…“

„Und… wem soll ich einen Brief schreiben? Mich etwa bei Anne-Marie entschuldigen?“

„Wie wollen Sie denn landesweite Aufmerksamkeit erregen, wenn Sie sich brieflich bei ihr entschuldigen? Nein, nein… aber bleiben wir mal bei Anne-Marie. Sie wissen, sie ist in Nürnberg aufgewachsen, ja… Anne-Marie ist zudem Kunsthistorikerin. Fügen wir diese beiden Dinge zusammen, ihre Geburtsstadt und ihre Profession, ergibt sich fast zwangsläufig eine Leidenschaft für Albrecht Dürer… Und in der Tat hegt sie eine große Bewunderung, eine tief empfundene Verehrung für den berühmtesten deutschen Renaissancemaler, den Sohn der Reichsstadt Nürnberg. Aber wem sage ich das… Sie wissen das alles besser als ich.“

„Wem soll ich jetzt den Brief schreiben… ist bisher nicht ganz klar herausgekommen.“

Luuk ignorierte den Einwand. „Nürnberg besitz einige Werke von ihm… richtig? Die bedeutendsten aber…“

„In Nürnberg sind das „Bildnis des Michael Wolgemut“ zu sehen, also des Lehrers von Albrecht Dürer und das „Portrait der Barbra Dürer“… seine Mutter. Sonst sind es in Hauptsache Zeichnungen und Graphiken… und dann noch die beiden kaiserlichen Halbfiguren, Karl der Große und Kaiser Sigismund, beide im vollen Ornat… die sind auf den Türen eines Reliquienschranks…“

„Ja, ja“, bremste Luuk, „aber seine bedeutendsten Bilder sind doch, soweit ich weiß, nicht in Nürnberg…“

134

„Die sind über die halbe Welt verstreut... in den großen Museen in Wien, Lissabon, Prag... London, Paris. Das ist immer so bei den weltbekannten Malern... von Hieronymus Bosch Bildern finden Sie die wenigsten in den Niederlanden und die Franzosen sind nicht in Frankreich geblieben, die hat es überallhin verstreut."

„Schon... aber München... in München hängen doch auch ein paar Dürer, oder nicht... zum Beispiel das Selbstportrait? Ist es nicht so?"

Luuk streifte Arco mit einem lauernden Blick. In Luuks Frage hatte sich ein berechnender Unterton eingemischt, den Arco nur halbbewusst wahrnahm, ebenso wie das Lauernde in dessen Blick. Über Dürer ließ er sich nun mal immer gerne ausfragen und antwortete bereitwillig.

„Es gibt drei Selbstportraits von ihm. Eines hängt im Louvre in Paris, das zweite im Prado in Madrid und das berühmteste hängt in der Tat in der Alten Pinakothek in München. Es ist das Selbstbildnis im Pelzrock, wo er im Typus wie Christus auftritt. Es ist das letzte der drei Selbstportraits... außerdem sind in München die ‚Glimmsche Beweinung', ‚Oswald Krell...'"

„Arco, Arco...", Luuk hob beschwichtigend eine seiner riesigen Hände, „ich will nicht wissen, was da alles hängt... können wir uns später mal darüber austauschen, aber ich würde gerne wissen, was in der Alten Pinakothek in München genau gegenüber dem ‚Pelzrock' hängt... Arco, was hängt da auf der anderen Seite, gegenüber dem ‚Pelzrock', wissen Sie es?"

Aus Arcos Wangen wich langsam alle Farbe und er wurde blass. Er musste schlucken. Er sah bleich aus, sah nicht gut aus. Noch hatte er nicht in vollem Umfang verstanden, was da hinter der harmlosen Frage, die doch

arglistig gestellt worden war, sich versteckte, aber eine
Ahnung, der Anflug eines Wissens berührte ihn, und
dieser Keim des Wissens versetzte ihn in schreckhafte
Ungläubigkeit. Kein Laut kam über seine Lippen.

„Arco, was hängt gegenüber dem ‚Pelzrock‘ in München? Sagen Sie es.“

„Die vier Apostel…“, antwortete Arco leise, „die vier
Apostel sind es.“

Luuk nickte zustimmend. „So ist es. ‚Die vier Apostel‘
befinden sich dort… und Sie wissen sicher auch, auf
welche Art und Weise ‚Die vier Apostel‘ nach München
gekommen sind, weil das alle Nürnberger wissen… und
in unserem besonderen Fall vor allem die Nürnbergerin
Anne-Marie…“ Luuk dehnte sich, und sein Körperge-
wicht ließ den Stuhl ächzen. Er ließ seinen Blick durch
den Raum wandern, bis er wieder bei Arco endete.

„Die Apostel sind unrechtmäßig nach München gekommen,“ fuhr er fort, „daran besteht kein Zweifel. Albrecht
Dürer hatte die Gemälde der Stadt Nürnberg vermacht,
für alle Zeiten, wie es in seinem Schreiben an den Rat
der Stadt ausdrücklich heißt. Der Raub dieser Tafelbilder, so nennen wir jedenfalls die Freipressung durch den
Kurfürsten Maximilian I. im Jahr 1627 und ihre Ver-
schleppung nach München, ist Unrecht. Dieses Unrecht
verursacht eine immer schwärende Wunde in der Seele
der Nürnberger… seit fast vierhundert Jahren ist es eine
offene Wunde… eine Wunde, die schmerzt. Schließen
Sie sie. Die Münchner Arroganz muss ein Ende finden…
dies ewige München, München, München.“ Luuk verdrehte bei dem dreimaligen ‚München‘ gar die Augen.
„Holen Sie die Bilder zurück… zurück nach Nürnberg.
Schreiben Sie so viel sie können… an wen Sie auch im-

mer meinen, schreiben zu müssen... Schärfen Sie Ihre Feder, schreiben Sie sich die Finger wund, aber holen Sie ‚Die vier Apostel' nach Nürnberg. Das ist, was Anne-Marie von Ihnen als Ausgleich verlangt."

Luuk van Porten erhob sich mit einem Seufzer, warf einen unwilligen Blick auf den Sitz und legte sich seinen Mantel über die Schulter. „De kogel is door de kerk", sagte er im Umdrehen als er zur Tür ging und diese öffnete, „so viel verstehen Sie... und schaffen Sie sich mal einen ordentlichen Stuhl an, Arco, der hier ist eine Zumutung."

X

Der Ausgleich

Nachdem van Porten die Tür hinter sich geschlossen hatte, verharrte Arco noch eine Weile bewegungslos. Er starrte mit leerem Blick vor sich hin. Er sah nach wie vor bleich aus, ausgesprochen schlecht, angegriffen und keineswegs tatendurstig. Schließlich löste er sich aus seiner Starre. In seine Augen kehrte zögerlich Leben zurück, dann nach und nach in seine Gestalt. Er stand auf, noch steif in seiner Bewegung, ging zum Fenster und legte eine Handfläche und die Stirn an das Glas, und dort, wo sein Atem auf die Scheibe hauchte, bildete sich eine Trübung. Er sah auf die unten liegende Straße, nahm die Straße wahr, ohne Einzelheiten zu erkennen. Nach einiger Zeit löste er sich vom Fenster, schüttelte sich, wie um etwas loszuwerden, und sagte laut. „Nun hör sich das einer an… die vier Apostel aus München sollen nach Hause kommen."

Er verließ den Raum und ging in die Küche, nahm sich ein Bier aus dem Kühlschrank. Er klopfte bei Chery an und trat ein. Chery sah ihm mit einem amüsierten Ausdruck entgegen, als er sich ihrem Tisch näherte und auf einem Stuhl Platz nahm, änderte aber sogleich ihre Miene. Sie sah, was mit ihm los war.

„Hat er dich ganz gelassen?" Sie fragte ihn in einem milden, mitfühlenden Ton, ohne jeden Spott.

„Kommt darauf an…" Arco öffnete die Flasche und trank.

„Was war denn?"

„Der Stuhl passte ihm nicht."

„Der Stuhl passte ihm nicht?"

„Kann man sich das vorstellen… er passte nicht in den Stuhl, war zu kräftig und meinte, ich solle mir einen neuen anschaffen." Arco nahm einen langen Schluck. „Er musste sich in den Stuhl regelrecht hereinzwängen, und erst als er seinen Mantel ausgezogen hatte, saß er… so einigermaßen… so einigermaßen erreichte er mit seinem Hintern den Sitz… mit knapper Not."

Chery horchte auf. Sie wurde ernst, begann sich Sorgen zu machen. Da schien etwas vorgefallen zu sein, was über den üblichen Ärger hinausging. „Was war denn nun?"

Arco strich über sein Haar, atmete tief ein und griff in die Tasche seines Jacketts, um an die Zigaretten zu kommen. Er öffnete die Schachtel und nahm eine, die er umständlich anzündete. Er inhalierte, und beim Ausatmen strömte der Rauch aus Mund und Nase und umfing ihn.

„Er sagt, ich hätte Anne-Marie verletzt… sehr verletzt."

„Ist denn das… ist das falsch?"

„Nein, ist es nicht… aber ich dachte, die Sache wäre damit vorüber… hätte endgültig ihr Ende gefunden, wäre aus… wäre vorbei… Ich habe ihr das Päckchen geschickt, zusammen mit einer Karte, die sie beleidigt… Sie ist zu Tode beleidigt und… es hat ein Ende." Er zog an seiner Zigarette und trank. „Aber was passiert? Sie ist zwar zu Tode beleidigt… das ist aber nicht das Ende… sie will vielmehr einen Ausgleich für die Kränkung…"

„Was für einen Ausgleich?"

„So nennt sie das... oder er hat ihr das eingeredet, was weiß ich. Sie wollen, dass ich etwas für sie tue... Du musst dir das so vorstellen, wie in einer Gesellschaft, die... die auf Tausch aus ist", er winkte ärgerlich ab und blies die Backen auf, um dann geräuschvoll die Luft zu entlassen, „die wollen einen Preis... für die Beleidigung nennen sie einen Preis... einen Ausgleichspreis. Ist der bezahlt, ist die Sache erledigt... aber es muss bezahlt werden." Arco sprach jetzt leiser und wirkte resigniert. „Er hat mir gedroht... massiv... und ich glaube, er steht zu seinem Wort... er sieht mir ganz danach aus... ein Ehrenmann..."

„Und was wollen sie von dir?"

Arco blickte Chery für eine ganze Weile ruhig an. Er sagte nichts.

„Und... was wollen sie?", fragte sie beunruhigt, „was verlangen sie?"

„Seit fast vierhundert Jahren sind die ‚Vier Apostel' von Dürer in München... ich soll sie jetzt loseisen und sie nach Nürnberg bringen, weil Dürer vor fünfhundert Jahren die Bildtafeln dem Rat der Stadt vermacht hat, dem Rat der Stadt Nürnberg wohlgemerkt und nicht dem Rat der Stadt München. Das soll ich nun nach vierhundert Jahren richten... nach vierhundert Jahren... das muss man sich einmal vorstellen!"

„Du meinst das berühmte Gemälde von Dürer, das weltbekannte Gemälde mit den vier Aposteln in den langen Mänteln, das in der Alten Pinakothek hängt?"

„Genau dieses."

„Das sollst du da rausbekommen... aus der Alten Pinakothek?"

„Das verlangen sie von mir… oder Anne-Marie verlangt es von mir… und Luuk ist da, um dem Verlangen Nachdruck zu verleihen."

„Was… wie soll denn das gehen… ist denn das möglich?"

„Nein…"

„Du kannst doch da nicht reinspazieren… die Bilder abhängen und nach Nürnberg bringen…"

„Nein."

„Das ist doch absurd… und jetzt…?"

„Jetzt müssen wir es versuchen. Mal sehen, was dabei herauskommt… hätte nie gedacht, dass mir eine Sache dermaßen zu schaffen macht."

XI

Dr. Arved Riedhelm und die Zeitung

Arco reckte den Hals, um einen ersten Blick aus dem fahrenden Zug heraus auf die Türme der Lorenzkirche zu werfen. Er war schon längere Zeit nicht mehr in Nürnberg gewesen, aber die Lorenzkirche war ihm vertraut geblieben, denn Anne-Marie hatte über den Englischen Gruß, das Schnitzwerk von Veit Stoß von 1517, ihre Magisterarbeit geschrieben, und der Englische Gruß hängt nun mal in der Lorenzkirche, und die Lorenzkirche befindet sich Nürnberg. Als der Zug hielt, stieg er aus, drängelte sich durch das Gewimmel von Menschen und kaufte in der Bahnhofsbuchhandlung eine ‚Nürnberger Allgemeine'. Er verließ den Bahnhof und ging mit der Zeitung in der Hand in Richtung Opernhaus, denn irgendwo dahinter, im Gewirr der Straßen und Gassen, musste sein Ziel liegen.

Das Redaktionsgebäude der ‚Nürnberger Allgemeinen', oder einfach ‚Nürnberger', wie sie üblicherweise von allen genannt wurde, lag mitten in der Altstadt, ein wenig abseits in einer Seitenstraße, was den Verkehrslärm deutlich dämpfte, und die Arbeit der Redaktion erleichterte. Man konnte in den Räumen bei milden Temperaturen die Fenster offenhalten, ohne dass einem das Getöse zusetzte. Das schmucklose Gebäude, ein Bau aus den Nachkriegsjahren, danach zweimal saniert, fiel nicht mal durch die Unauffälligkeit seiner Fassade auf, denn die benachbarten Häuser und auch die gegenüberliegenden auf der anderen Straßenseite, taten es ihm gleich. Alle wiesen den gleichen Anstrich auf, dessen unbestimmte Farbe irgendwo zwischen Grau und Beige lag. Einzig und allein der geschwungene, gläserne Schriftzug, in Blau gehalten, der bei Dunkelheit leuchtete, und über der Schaufensterfront angebracht war, die von weißlichen Neonröhren erhellt wurde, wies auf den Zweck hin. Da aber Tag war, leuchtete es weder bläulich noch weißlich. Arco warf einen flüchtigen Blick in die Auslagen, schürzte die Lippen und öffnete die verglaste, durch Streben geteilte Tür. Im Eingangsbereich saßen zwei Damen quer zum Tresen an ihren Tischen. Als Arco an den Tresen trat, erhob sich die eine der Damen und fragte ihn in der Art, wie man in diesem Fall zu fragen pflegte, nämlich ob sie etwas für ihn tun könne. Arco nickte, er war mit Dr. Arved Riedhelm verabredet, dem stellvertretenden Chefredakteur der ‚Nürnberger‘, der größten Zeitung der ehrwürdigen Stadt und zugleich größten fränkischen Zeitung überhaupt. Die Empfangsdame griff zum Hörer und sagte nach einigen Sekunden, hier ist ein Herr… sie sah fragend zu Arco… der sagte seinen Namen… die Dame wiederholte unsicher den Namen, nickte bestätigend und legte auf. Man wies ihm den Weg, und er begab sich zu dem Büro.

„Welch´ heller Glanz in meiner armseligen Hütte“, sagte Arved mit theatralisch ausgebreiteten Armen als er auf Arco zuging, um ihn zu begrüßen, „lange, lange haben wir auf euer Erscheinen gehofft, Meister… was sag‘ ich

Erscheinen… auf euren Advent… nun ist er eingetreten." Er ließ die Arme sinken und reichte Arco die Hand. „Komm herein, Arco, und lass dich nieder… ich freue mich, dich wiederzusehen."

Arco lächelte etwas gequält als er die Hand ergriff. „Tut mir leid… du weißt ja, wie es ist… man hat zu kämpfen und weiß nicht, wo einem der Kopf steht. Ich danke dir, dass du dir Zeit für mich nimmst… ich weiß es zu schätzen… wirklich."

„Wem sagst du das… Die machen mit uns, was sie wollen, und wir haben Mühe, uns über Wasser zu halten. Ist überall dasselbe…Komm' setz' dich… lass uns reden… ich habe leider nicht allzu viel Zeit."

Arco setzte sich, schlug das eine Bein über das andere. „Dann kommen wir gleich zur Sache?"

„Wäre mir lieb. Willst du einen Kaffee? Er ist schon in der Mache." Er wies mit dem Kopf zur Kaffeemaschine, die im Hintergrund blubbernd stotterte.

„Wenn es keine Umstände macht, bitte."

„Kommt gleich… Also, was hast du auf dem Herzen?"

„Wie sieht es aus, seitdem er in München ist… merkt ihr was, hat sich bei euch was verändert?"

Arved lächelte vielsagend. „Hängt davon ab, wie man es betrachtet… Wir bekommen schon mehr Aufmerksamkeit als vorher… ist schon wahr. Man weiß, dass er sich die ‚Nürnberger' jeden Tag vorlegen lässt… und er liest sie auch aufmerksam. Er ist eben Nürnberger und mit Leib und Seele seiner Heimatstadt verbunden und will wissen, was hier läuft… und gerade deshalb muss er als Ministerpräsident aufpassen, dass er den Bogen nicht überspannt. Aber, was wir unbedingt bemerken", Arved hüstelte gekünstelt, „ist die Häufigkeit, mit der alte

Freunde hier auftauchen, um über uns ihr Anliegen zu pushen... in der Hoffnung, wir könnten was arrangieren." Hier unterbrach sich Arved und sein vielsagendes, jedoch wohlwollendes Schmunzeln wurde stärker.

Arco hob seine beiden Arme in gespieltem Bedauern, wie um anzuzeigen, so sei es nun mal auf dieser Welt, und er sei nur einer, der im Strom mitschwimmt, was ließe sich schon dagegen machen. Er ließ die Arme wieder sinken. Arved behielt einen Rest seines süffisanten Lächelns auf den Lippen, es schien dort einen festen Platz einzunehmen. Arved hatte sich zurückgelehnt, den Kopf leicht zur Seite geneigt und die Hände verschränkt. „Du ließt mich wissen, du hättest etwas für mich... eine große Sache... klingt aufregend... hoffentlich ist es nicht nur für dich eine große Sache, sondern desgleichen für uns."

„Eine sehr große Sache... zu groß für mich allein. Ich brauche eure Unterstützung."

„Dann leg' mal los... bin neugierig." Arved tippte mit den Kuppen der dachförmig aufgestellten Finger rhythmisch gegeneinander.

„Gut, das ist gut... sag mir, Arved, wie nennen die Nürnberger ihren Flughafen?"

„Albrecht-Dürer-Flughafen."

„Weshalb nennen Sie ihn so?"

„Du stellst Fragen... Für die Nürnberger ist Albrecht Dürer die bedeutendste Person ihrer Stadt überhaupt."

„Gut... und wie nennen die Münchner ihren Flughafen?"

„Franz-Josef-Strauß... ich weiß nicht... Flughafen oder Airport."

„So ist es... sie nennen den Flughafen nach ihrem liebsten Politiker, einem oberbayerischen Polterer, fintenreich und mit Lateinkenntnissen. Das ist der Unterschied...

zwischen Nürnberg und der Landeshauptstadt München.... Ein zweifelbehafteter Politiker bei den einen und ein epochaler Künstler bei den anderen..."

Arco rückte auf seinem Stuhl nach vorne, seine Stimme wurde schärfer.

„Aber! Einen Flughafen nach dem bedeutendsten Sohn der Stadt zu benennen ist ein Leichtes, desgleichen eine Schule oder einen Platz oder irgendetwas in der Art. Aber! Es ist durchaus angemessen für einen Politiker, wenn nach ihm Straßen, Plätze und Ähnliches benannt werden... Aber... für einen Maler? Nun gut, nennen wir einen Flughafen nach ihm, eine Schule, einige Straßen... nehmen wir es hin. Aber ein Maler malt vor allem Bilder, Albrecht Dürer schuf Bildnisse und Gemälde, die auf der Welt ihresgleichen suchen. Und wo sind diese Bilder zu finden? Arved, sag mir, welches der Bilder von Albrecht Dürer hältst du für das bedeutendste? Sag es mir."

„Schwer zu sagen... wirklich schwer zu sagen, mit den Superlativen tue ich mich immer hart... weshalb soll unbedingt immer das eine besser sein als das andere. Aber sei es drum... ich würde den Vorzug geben... vielleicht sein Selbstportrait, das ihn im Pelzmantel und der segnenden Geste zeigt, in der Alten Pinakothek in München oder..."

„Was sagtest du, wo es hängt?

„Nun, in München."

„Gewiss... in München, da hängt das Selbstportrait mit Pelzrock... wird wohl seinen Weg dorthin gefunden haben." Arco stieß einen Seufzer aus. „Und, Arved, ist dir bekannt, welches Gemälde von Dürer direkt gegenüber dem Selbstportrait hängt, weißt du das zufällig?"

„'Die vier Apostel' sind es. Die beiden großen Bildtafeln

mit den vier Aposteln, die ursprünglich in der oberen Regimentsstube der Stadt Nürnberg hingen." Das ansatzweise süffisante Lächeln bei Arved wich vorübergehend einem sehr bitteren, unglücklichen, das sich in der Physiognomie der Nürnberger bei Nennung dieser Bildtafeln seit Jahrhunderten Platz verschafft und eingeschliffen hatte. „Die vier Apostel, die Albrecht Dürer der Stadt Nürnberg für immer vermacht hat…"

„Auf immer, Arved, nach Nürnberg…auf immer… von München hat Dürer nichts verlauten lassen… oder?"

„Er hat die Bilder dem Rat der Stadt geschenkt", sagte Arved, „'bey gemainer Statt zu sein gedechtnuß zubehalten und in frembdte händt nit kommen zu lassen' heißt es in seinem Schreiben wörtlich. Das Zitat kennt bei uns hier jedes Kind."

„'In fremde Hände nicht kommen zu lassen…', heißt es, Arved, sie sind aber in fremde Hände gelangt… sie hängen in München… und nicht in ‚meiner Stadt', in der Stadt Dürers."

„Was willst du von mir, Arco? Worauf soll das Ganze hinauslaufen?"

„Ich will, dass du mir dabei hilfst ‚Die vier Apostel' wieder nach Nürnberg zu bringen."

Arved tippte nicht mehr rhythmisch mit den Fingerkuppen gegeneinander, verschränkte vielmehr seine Arme in einer Art Schutzhaltung vor der Brust, und obendrein tauschte er sein bitteres, unglückliches Lächeln gegen ein zutiefst ungläubiges ein, als wenn er etwas Wundersames vernommen hätte. Was hatte er eben vernommen? ‚Die vier Apostel' sollen nach Nürnberg zurückkehren? Ein etwas gewagtes Unterfangen, um es vorsichtig auszudrücken, wie ihm schien. Eine Spekulation am Rande der

Fantasterei... ein Projekt im Lande des blühenden Unsinns... Das Einzige, was ihn veranlasste, diesen Gedanken nicht als Hirngespinst und Unfug sogleich abzutun, war die Person Arco. Arco war nicht übergeschnappt, oder sonst wie in irgendeiner Art närrisch. Er machte nicht den Eindruck eines Mannes, um dessen seelischen Gleichgewichts man sich sorgen musste, und er hätte ihn gewiss nicht aufgesucht, wenn nicht eine realistische Chance bestünde, wenn auch nur eine geringe, das Vorhaben in die Tat umzusetzen. Schließlich war er hierhin in die Redaktion der ‚Nürnberger Allgemeinen' gekommen... während der Dienstzeit. Sie hatten sich nicht in einem der Altstadtlokale verabredet, um beim Bier über das Thema zu schwadronieren... er saß hier vor ihm in der Redaktion... ein Arbeitsgespräch.

„Du wolltest mir Kaffee anbieten." Arco lächelte freundlich. Arved schrak auf, klatschte in die Hände, haspelte undeutlich eine Entschuldigung und ging zur Kaffeemaschine, um zwei Tassen zu füllen, sie zum Tisch zu bringen und eine vor Arco abzustellen. Sie führten die Tassen zum Munde und tranken vorsichtig, während sie sich nicht aus den Augen ließen.

„Lass' uns mal versuchen, einen Überblick zu gewinnen", hob Arco an, nachdem er seine Tasse abgestellt hatte, „gucken wir uns einmal an, was wir haben..."

„Da bin jetzt gespannt." Arved griff nach seinem Block und einem Stift. „Ich denke, ich werde mir einige Notizen machen müssen... wird besser sein."

Arco bestätigte Arveds Vorhaben. „Das wird hilfreich sein... und du kannst gleich mit dem Grundstein beginnen... mit dem Fundament, auf dem das Gebäude errichtet wird. Notiere bitte als erstes den Willen Albrecht

Dürers, die Bildtafeln der Stadt Nürnberg für alle Zeiten zu vermachen… der Stadt Nürnberg und niemandem sonst. Das ist nicht neu… aber hier müssen wir ansetzten… und von hier aus gilt es, einen weiten Bogen zu schlagen, und wie mit einem Netz alle Fakten einzusammeln, die ursächlich mit diesem Thema verknüpf sind… Da hätten wir zum Beispiel das Stichwort ‚Raubkunst‘…"

„Das kannst du doch nicht…"

„Und ob ich das kann… und ob wir das können. Nenne es, wie du möchtest, aber das Thema ist zurzeit hoch aktuell und schwirrt in vielen Variationen durch Politik, Kultur und die Feuilletons. ‚Raubkunst‘ ist als Begriff in erster Linie mit Raubzügen der Nazis verbunden… ist schon klar, und damit gerade für Nürnberg kein Leichtes, diesen Begriff auf die ‚Apostel‘ anzuwenden. Dennoch kann man es mit dem gehörigen Fingerspitzengefühl und der dazu erforderlichen Sensibilität… es muss ausführlich dargelegt werden… für den Leser nachvollziehbar werden. Es ist nun mal Raub, oder meinethalben Erpressung, was nicht besser ist, da beißt die Maus keinen Faden ab… Dabei geht es nicht um Verträge, um Schenkungen oder um mit Brief und Siegel bestätigte Akten… es geht nicht um juristische Finessen. Es geht einzig und allein um die Fragen, wer hat die Bilder erschaffen, wem haben sie ursprünglich gehört oder wem sind sie urkundlich zugeeignet worden. Als sie später dann abgepresst wurden und der Raub legitimiert wurde, das darf keine Rolle spielen… auch nicht, dass Jahrhunderte seitdem vergangen sind. Es geht um Gerechtigkeit… um Wiedergutmachung, um Respekt und Anerkennung der ursprünglichen Situation, die dann in einer Rückgabe münden muss. Ähnliche Akte kennen

wir auch aus gänzlich anderen historischen Zusammen-
hängen. Nehmen wir nur das weite Feld des Kunstraubs
im Zuge des Kolonialismus. Unsere Museen sind voll-
gestopft mit Kunstschätzen und Artefakten der verschiedensten Völker aus aller Welt, die alle nach und nach
auf Rückgabe klagen, und deren Klagen nach und nach
stattgegeben wird. In spektakulären Fällen, wie bei der
Büste der Nofretete oder dem Pergamonaltar, kommt es
zu nicht endenden Auseinandersetzungen mit den Her-
kunftsländern... in anderen Fällen wird rasch gehandelt.
Arved, über dieses Thema kann man auf interessanteste
Weise die Leserschaft ins Bild setzten... man kann Woche für Woche das Thema von allen Seiten beleuchten,
um schlussendlich mit der Forderung nach Rückgabe
der ‚Apostel‘ zu enden. Das gesellschaftliche Klima für
diese Themen ist außerordentlich günstig. Die Bereitschaft der Museen und Archive weltweit die Exponate an
die ursprünglichen Besitzer zurückzugeben, ist enorm
und weiter im Anwachsen. Du hast von dem Leiter der
Uffizien in Florenz gehört?“
„Du meinst Eike Schmidt... ja, ja, ich weiß schon...“
„Na bitte... Jüngst hat Eike Schmidt, Leiter der Uffizi-
en in Florenz und Kurator der Kunstschätze der Medici
zu einem museologischen Paradigmenwechsel aufgerufen... ich will das jetzt nicht im Einzelnen ausführen...
aber Rekontextualisierung ist hier ein Stichwort. Kurzum... er hat angeregt, die Kunstwerke an die Kirchen
zurückzugeben... verstehst du, er will die in seinen Ar-
chiven schlummernden Kunstwerke an die Kirchen zurückgeben... das ist eine Sensation. Um wieviel eher besteht dann Anspruch auf die Rückgabe der ‚Apostel‘? Es
gibt eine allgemeine Bereitschaft, Kunstwerke an ihren

Ursprungsort zurückzuführen… all überall. Nutzen wir diese Bereitschaft, Arved, nutzen wir sie."

Arved schien Feuer zu fangen. Er stupste mit seinem Stift immer wieder auf die Tischplatte, wippte mit dem Fuß des übergeschlagenen Beins und blickte mit feierlichem Ernst zu Arco. Er hatte an Farbe gewonnen und seine Augen an Glanz. Man konnte den Eindruck gewinnen, etwas habe ihn angerührt, etwas sei über ihn gekommen und habe ihn angerührt.

„Ich verstehe", sagte er, „in diesem Klima der Bereitwilligkeit zur Rückgabe…" er pausierte, er musste einfach pausieren, um die Last der auf ihn einstürmenden Gedanken zu bändigen. Er schluckte seine Aufregung herunter, „in diesem Klima… ist es ein Segen…", ein weiteres Mal verschlug es ihm die Sprache, denn die Aussicht auf das Kommende ließ seine Fantasie aufschäumen, „in diesem Klima ist es ein rechter Segen, dass unser Ministerpräsident ein Nürnberger ist." Nun war es heraus.

„Das ist es, Arved, denn wir dürfen annehmen, unser Ministerpräsident selbst hegt in seinem Herzen den innigen Wunsch, Dürers beide Bildtafeln mit den ‚vier Aposteln' nach Nürnberg zu holen. Nichts würde seine Beliebtheit in den fränkischen Landen mehr steigern, als die Rückführung des Dürergemäldes. Das würde der fränkischen Seele guttun, doppelt guttun, denn zum einen wäre der Dürer wieder zuhause, und zum zweiten hätte man den Münchnern eins ausgewischt, wenn ich mich mal so ausdrücken darf."

„Allmächd na", Arved schlug sich aufs Knie, „Dunnerkeil… der Ministerpräsident himself schafft den Dürer heim, na fraali!!" er stieß einen Lacher aus, der schrill und spitz seinem Überschwang Ausdruck gab. „Arco…",

152

er schüttelte den Kopf, „aber schön wär's, schön wär's…
ja, passt scho."

„Ihr müsst ihm natürlich dabei helfen. Allein schafft es er
nicht… Ich denke, den Ministerpräsidenten muss man in
dieser Sache nicht überzeugen… er ist auf unserer Seite.
Das ist ein unschätzbarer Vorteil, aber er kann es nicht
einfach anordnen. Ihr müsst die Vorarbeit leisten… so
lange, bis die Rückgabe von allen Seiten gefordert wird.
Das muss reifen… der Gedanke muss nach und nach um
sich greifen, bis er nicht mehr zu überhören ist. Dann
erst kann der Ministerpräsident die Arme ausbreiten, die
Bildtafeln einpacken, sie verschnüren und ins Nürnberger Rathaus bringen… bildlich gesprochen, versteh mich
bitte recht."

Arved hatte verstanden. „Wir starten hier redaktionsin-
tern mit dem…", er nahm einen Edding-Stift und schrieb
mit schwungvoller Hand in großen, blauen Lettern auf
seinen Block ‚Das Apostel-Projekt' und hielt es in die
Höhe, um es Arco anzuzeigen. „Morgen bei der Redakti-
onskonferenz werde ich das Projekt vorstellen und dafür
Sorge tragen… wir werden einen Stab aus unseren besten Journalisten und Journalistinnen zusammentrom-
meln, die dem Projekt Leben einhauchen… nicht einhauchen… die vielmehr einen Wirbelsturm entfachen.
So. Wir beginnen eine Serie über diesen gesamten The-
menkomplex und führen unsere Leser…"

Von nun an redete Arved. Er entwarf Pläne, wie am besten vorzugehen sei, um eine möglichst breite Wirkung
zu erzielen. Dabei wies er auf den Vorzug der ‚Nürnberger Allgemeinen' hin, die über einen Mantelteil verfüge,
also ihren eigenen überregionalen Teil, der neben Titel-

seite, Politik und Wirtschaft vor allem auch das Feuilleton liefere, und damit in allen fränkischen Landesteilen vertreten sei. In Bamberg, Forchheim und Coburg habe man regionale Ausgaben, die dann dort ‚Bamberger Allgemeine‘, ‚Forchheimer Allgemeine‘ usw., usw. hießen, ebenso wie in Fürth und Erlangen, Ansbach und Bayreuth. In all diesen Städten und in vielen weiteren werde der identische Mantelteil mit dem Feuilleton, zusätzlich auch mit der Meinungsseite, falls notwendig – und in diesem Fall sei es notwendig – ausgeliefert, der Mantelteil, der die jeweiligen Regionalausgaben umschließt. So. Er könne sich eine ganze Serie von Artikeln vorstellen, die sich einzelner Rückgabeverfahren aus dem Bereich entwendeter Kunstobjekte widmen, sei es, dass diese schon abgeschlossen sind, sei es, sie sehen noch einer Lösung entgegen. Dabei können alle schon angesprochenen Themen und etliche weitere bearbeitet werden, insbesondere natürlich, das anregende Beispiel des Eike Schmidt, des Leiters der Uffizien in Florenz und Kurators der Kunstschätze der Medici, der doch zu einem museologischen Paradigmenwechsel aufgerufen habe, und seine Kunstschätze an die Kirchen zurückgeben wolle. Über den museologischen Paradigmenwechsel wolle er sich jetzt nicht in Einzelheiten verlieren, lediglich das Stichwort Rekontextualisierung fallen lassen… Aber eine Rückgabe an die Kirchen mache auf jeden Fall tiefen Eindruck… nicht nur auf ihn, nein, ganz sicher in erster Linie auf den Ministerpräsidenten und dessen Partei, der eine gewisse Nähe zur Kirche nicht abzusprechen sei… und müsse wiederholt angesprochen werden. Ein beispielhaftes Verhalten sei hier zu würdigen. Ein Beispiel, das Schule machen könne. So. Um das notwendige Expertenwissen anzuhäufen, werde man sich an die kunsthistorischen Fakultäten der Universitäten, von denen es in Bayern - Gott sei Dank - genügend gebe, wenden. Man werde Professoren und ihre Lehrstühle ansprechen und um Unterstützung bitten. Man werde den Kontakt zu den Museen suchen, zu den in Frage kommenden Verlagen und nicht zuletzt zur Bayerischen Schlösserverwaltung mit ihren Fachabteilungen. Man werde einen Kreis aus Experten um sich scharen, um zu jeder Zeit aus dem vorhandenen Wissen schöpfen zu können. So. Beginnen müssen wir aber mit einem Paukenschlag, der im ganzen Land gehört wird und seinen Widerhall finden soll. In einem für die ‚Nürnberger‘ Maßstäbe setzenden Artikel, den er selber schreiben wolle… dabei warf er Arco einen fragenden Blick zu, doch dieser winkte ab… würde er die Sachlage der ‚Vier Apostel‘ schildern, deren historisch verbürgte Abpressung durch Kurfürst Maximilian I., und dazu aufrufen, sie zurück zu geben. Wie ein Fanfarenstoß und Donnerschlag in einem werde es sich anhören, und den Verantwortlichen in den Ohren klingen. In der Folge gebe es eine Reihe von Artikel über Kunstschätze der verschiedensten Art aus allen möglichen Regionen und Landen und deren Rückführung… sei die Rückgabe nun schon erfolgt oder noch in Verhandlung. Jedoch müsse jeder dieser Artikel mit der Forderung enden, dass ‚Die vier Apostel‘ unter allen Umständen nach Nürnberg, in ihre Heimatstadt gehören… Am Schluss jeden Artikels werde, wie einst Cato mit seiner Leier über Karthago am Schluss jeder seiner Reden, immer dieselbe Forderung erhoben: Ceterum censeo… im Übrigen plädieren wir dafür, die Bildtafeln des Albrecht Dürers, ‚Die Vier Apostel‘, an seine Heimatstadt Nürnberg zurückzugeben. Ha!

Die Macht der Presse! Ha!

Das Gespräch hatte länger gedauert als vorgesehen. Die Bemerkung, die Dr. Arved Riedhelm zu Beginn hatte fallen lassen, dass er nicht viel Zeit habe, besaß schon lang keine Gültigkeit mehr. Er hatte zwischenzeitlich zweimal seine Sekretärin verständigt, die vorgesehenen Termine abzusagen, das heißt beim ersten Termin hatte er die Sekretärin verständigt, das ist schon richtig, aber um den zweiten zu verschieben, musste die Sekretärin ihn erinnern, denn seine gesamte Aufmerksamkeit hatte sich auf das konzentriert, was da auf Schwingen durch die Redaktion huschte. Der Gott Kairos war es, der Gott der guten Gelegenheit. Der unablässig eilende Gott des günstigen Zeitpunkts, versehen mit Flügeln an den Füßen, mit einer Stirnlocke, einem Schopf, an dem man entschlossen nach ihm greifen muss und einem kahl geschorenen Hinterkopf, an dem er nicht zu packen ist, damit ihn niemand mehr erwischen könne, wenn er erst einmal vorbei geglitten sei. Dr. Riedhelm hatte ein gerahmtes Abbild eines Frescos von Francesco Salviati aus dem Audienzsaal des Palazzo Sacchetti in Rom auf seinem Schreibtisch stehen, das den flüchtigen Gott mit Flügeln an den Schultern und einer in die Stirn fallenden, langen, zum Festhalten gedachten Haarlocke zeigt. Ihm war als Redakteur seit jeher bewusst, wie sehr der Erfolg einer Zeitung davon abhing, Gelegenheiten nicht vorbeigleiten zu lassen, sie vielmehr zu ergreifen, sie am Schopf zu fassen, sobald der Schopf zu fassen war, denn das einmal Entschwundene war nicht mehr einzufangen. Hier bot sich eine Gelegenheit, die zu nutzen er fest entschlossen war. Die einmalige…, also die einmalige Konstellation, dass ein Nürnberger Ministerpräsident ist, zugleich den Nürnbergern die Tafelbilder von Dürer selbst auf immer vermacht wurden, - ein unumstrittenes Vermächtnis -, sie später dann unrechtmäßig nach München gekommen waren, wo sie noch heute unrechtmäßig hängen…, diese Konstellation zwingt, die Gunst der Stunde zu nutzen. Die Tafelbilder des Albrecht Dürers müssen zurück!

Arco hatte sich erhoben. Das Gespräch war an sein Ende gelangt und in seinem Sinn verlaufen. Er durfte zufrieden sein. Arved und die ‚Nürnberger' werden sich des Themas annehmen und alles, was in ihrer Kraft liegt, unternehmen, um zum Erfolg zu kommen.

„Ich danke dir", sagte Arved, der ebenfalls aufgestanden war, „ich bin dir wirklich dankbar… das ist eine irre Sache und wird uns über Monate beschäftigen… und Schlagzeilen produzieren… riesige Schlagzeilen, ich sehe sie schon vor mir." Er kniff die Augen zusammen und zog mit geöffneter Rückhand ein imaginäres Banner vor seinen Augen auf. „'Raubkunst in der Alten Pinakothek'… ‚Die Vier Apostel als Raubkunst entlarvt' oder ‚Dürers Apostel auf dem Weg nach Hause' oder ‚400 Jahre sind genug'."

„Tja… warum nicht", lachte Arco auf, „da werdet ihr euch einiges einfallen lassen… auf jeden Fall aufkochen… immer aufkochen und am Kochen halten… nicht abkühlen lassen." Er drohte spaßeshalber mit dem Zeigefinger.

„Wir bleiben… wie sagt man… am Ball… Na, das ist untertrieben, stark untertrieben… aber weißt du, was ich nicht verstehe", Arved zeigte sich mit einem Mal verunsichert, „warum hat sich dieses Thema bisher keiner angenommen? Ich meine, nicht nur mal so in die blaue Luft geblasen, sondern mit aller Konsequenz und

Lautstärke… Das ist unverständlich. Hier bietet sich ein Kristallisationspunkt erster Güte an. Wer soll denn nicht dafür sein, die Apostel zurückzugeben… Das ist aus der Gerechtigkeitsperspektive betrachtet ein glasklarer Fall. Die Franken sind es auf jeden Fall… und das ist schon mal eine qualifizierte Minderheit."

Arco nickte. „Auch die Oberpfälzer sind aufrechte Leute… für die lege ich meine Hand ins Feuer."

„Genau", stimmte Arved zu, „was man von den Schwaben ebenfalls behaupten kann… auch für sie meine Hand ins Feuer."

„Aber ja", sagte Arco, „die Schwaben sind sicherlich dabei, und der Niederbayer dürfte sich in der Mehrzahl auch auf unsere Seite schlagen."

„Ganz meiner Meinung, über die Niederbayern lässt sich nur Vorteilhaftes sagen… blieben die Oberbayern…", gab Arved zu bedenken.

„Nicht doch", erwiderte Arco und winkte ab, „die Oberbayern sind in ihrer Mehrzahl wahrhaftig und unbeugsam… die sehen das ein, wenn sie etwas zurückgeben müssen, das ihnen nicht gehört… sie sind bekanntermaßen sehr einsichtig."

„Wer ist denn dann überhaupt dagegen… wer bleibt denn überhaupt übrig?"

„Na niemand", sagte Arco und grinste, „wir können gar nicht verlieren. Ihr könnt direkt auf das Bürgerbegehren zusteuern und damit dem Ministerpräsidenten Dampf machen. Der versteht das schon. Wenn das jemand versteht, dann ist es der Ministerpräsident. Der mag kein Bürgerbegehren."

„Du denkst, der Ministerpräsident wird die Lage richtig einschätzen und sich an die Spitze…?"

„Ich denke, das wird er… alles läuft darauf hinaus. Bevor ihn ein Bürgerbegehren dazu zwingt, wird er selbst die Fahne in die Hand nehmen… man wird ihm folgen, ihn enthusiastisch feiern. Er kann sich dann gleich als fünfter Apostel ausrufen."

Während des letzten Satzes war er ernst geworden und streckte Arved die Hand entgegen, die dieser ergriff und fest drückte.

„Lief gut, Herr Chefredakteur, und halt' mich auf dem Laufenden." Er verabschiedete sich und ging zur Tür.

„Ach übrigens… Arco", rief ihm Arved hinterher, „was ist denn eigentlich dein Motiv bei der ganzen Sache? Wieso machst du das?"

Arco hielt an, die Türklinke in der Hand, wandte sich um, zögerte mit der Antwort und sagte leise: „Ich tue jemandem einen Gefallen… da hat jemand noch was gut bei mir."

„Du bist sehr großzügig mit deinem Gefallen, meinst du nicht?"

„Stimmt… aber ich habe einen Fehler gemacht… einen großen Fehler."

Arved wollte nicht lange raten. „Eine Frau steckt dahinter…"

„Nein", sagte Arco, „nicht eine Frau… die Frau… die Frau ist es, die steckt dahinter." Er schloss die Tür hinter sich, nachdem er den Raum verlassen hatte.

XII

Die vier Apostel

Seit dem Erscheinen eines doppelseitigen Features über das anstößige Schicksal der ‚Vier Apostel‘, des Albrecht Dürer, in der Wochenendausgabe der ‚Nürnberger‘, waren nur drei Monate vergangen.

Dr. Arved Riedhelm hatte weit und gründlich ausgeholt, tief geschürft und im Detail seine Leserschaft darüber in Kenntnis gesetzt oder vielmehr daran erinnert, was es mit den Gemälden des hochberühmten Sohnes der Stadt auf sich habe. Geschenkt seien sie einst worden, geschenkt dem Rat der Stadt Nürnberg, geschenkt von dem Malerkünstler persönlich, bezeugt durch eine schriftliche Versicherung, die auf immer und ewig Gültigkeit hätte haben sollen, und über die sich Kurfürst Maximilian I. frech hinweggesetzt, und alle seine regierenden Nachfolger, in unterschiedlicher Gestalt, diesen Frevel nicht nur geduldet, sondern gar gutgeheißen hatten. Es sei an der Zeit, diese Frechheit zu beenden. Über viele Spalten führte Dr. Arved Riedhelm diese ärgerlichen Zusammenhänge aus und versäumte es nicht, sie von allen Seiten auszuleuchten. Auch widmete er sich ausführlich den Verletzungen und Kränkungen,

die Nürnberg und das Frankenland hinnehmen mussten, die unaufhörlichen Nadelstiche seitens der Altbay-
ern, das Über-sie-Hinwegsehen in vieler Hinsicht, das
systemische ignoriert werden, die allgemeine Fixierung
auf München und deren angebliche Strahlkraft und das
zähe, frostige Leben im Schatten dieser Stadt. Dabei sei
Nürnberg, historisch gesehen, die um vieles bedeuten-
dere Stadt als das an der Isar aus dem Nichts ausgerufe-
ne München, das erst im letzten Jahrhundert begonnen
hat zu leuchten, wenn man es denn unbedingt so halten
wolle. Bei Nürnberg, Fürth und Erlangen spräche niemand davon, sie würden leuchten, obwohl sie in ihrer
Gesamtheit nicht weniger Menschen beherbergten. Die
Leistungen der drei fränkischen Geschwisterstädte, was
Erfindungsgeist, Industriekultur und Fleiß ihrer Bevölkerung anging, ließen die nämlichen in München weit
hinter sich. Aber die Münchner hätten es verstanden,
im Lauf der Zeiten ihr Hofbräuhaus, ihr Oktoberfest,
ihre klassizistischen Klenze-Bauten, ihre Frauenkirche
und ihr Alpenpanorama in den Vordergrund zu rücken.
Franken sah wie gelähmt diesem Prozess zu und hielt
unerschütterlich an Lorenz-, Sebalduskirche, Burg, Hans
Sachs und Christkindlesmarkt fest…
An dieser Stelle, oder schon etwas früher, hatte Dr. Arved
Riedhelm inne gehalten… Er war gut und gerne dabei,
sich in Rage zu schreiben und als nächstes die schreiende
Ungerechtigkeit der Entwicklung der Fußballvereine in
den beiden Städten zu analysieren, sah aber dann davon
ab, weil ihm sein Gefühl nahelegte, er schösse über das
Thema hinaus und verzettle sich. Sehr wahrscheinlich
strich er einige zu furios geratene Passagen, die deshalb
dem Leser für immer vorenthalten bleiben und konzent-

rierte sich stattdessen auf den Dürerdiebstahl…

„Wir registrieren das Bemühen der Staatsregierung, durch Auslagerung von Behörden und Verlegung von Verwaltungseinheiten in die Regionen, eine Entzerrung und Entlastung des Ballungsgebiets München anzustreben.

Die Verlegung einer nachgelagerten Dienststelle des Landesamts für Umwelt von München nach Hof ist ein gewichtiger Schritt, ebenso wie die geplante Verlegung der Bayerischen Landeszahnärztekammer nach Flachthal. Durchaus begrüßenswert, Maßnahmen, die in die richtige Richtung deuten.

Wir fordern die Staatsregierung auf, im kulturellen Bereich einen ähnlichen Schritt der Entzerrung zu wagen, allerdings einen mutigeren Schritt, einen Schritt bedeutend größeren Ausmaßes, einen Schritt, der ein Signal setzt mit bundesweiter Resonanz. Veranlassen Sie, Herr Ministerpräsident, eine Rückgabe der ‚Vier Apostel‘ nach Nürnberg. Begnadigen Sie die ‚Vier Apostel‘! Lassen Sie sie frei! Lassen Sie sie ziehen, lassen Sie sie nach Hause! Franken wird es Ihnen danken!

Die bayerische Bevölkerung in ihrer Gesamtheit wird die Geste als das sichtbare Zeichen erkennen, dass Sie bereit sind, Ihr Augenmerk auf alle Landesteile zu richten."

Dann widmete sich Dr. Arved Riedhelm noch dem angekündigten museologischen Paradigmenwechsel, der dazu führen sollte, dass die Museen Kunstschätze und Ausstellungstücke aller Art zurückgeben würden, nicht nur an die Länder, aus denen sie einst geraubt worden sind, nein, nicht nur an diese, sondern sogar an die Kirchen. Man möge das bitte zur Kenntnis nehmen und verstehen! Ein Museum sei nicht länger ausschließlich als Endlager bürgerlicher Bildungsbedürfnisse zu begreifen, sondern habe die Aufgabe die Exponate in ihren ursprünglichen Zusammenhang zu stellen, womit er bei dem Gedanken der Rekontextualisierung angelangt war, den er allerdings nur knapp andeutete.

Alle Medien, von den Printmedien über die TV- und Radiostationen bis hin zu unzähligen Beiträgen in den Sozialen Medien, haben sich des Falles angenommen und darüber ausführlich berichtet, ihn kommentiert oder dazu Stellung bezogen. Selbst die ‚New York Times‘ hat es aufgegriffen, was bei genauer Betrachtung nicht verwundern dürfte, handelt es sich doch bei den ‚Vier Aposteln‘ um ein weltberühmtes Kunstwerk, das in seinem Bekanntheitsgrad der Gioconda im Louvre um wenig nachsteht. Die Zeitungen und Medien in den europäischen Metropolen berichteten gleichfalls ausführlich. Sie schienen es zunehmend als eine Wette zu nehmen, ob die Apostel es schafften, nach Hause zu kommen oder in München verharren mussten. Immer wieder wurde, zum Teil im originalen, mittelalterlichen Wortlaut mit anschließender Übersetzung, die Festlegung Albrecht Dürers zitiert, mit der er Nürnberg das Geschenk gemacht hat und anschließend provokativ die Frage gestellt, was sie denn dann in München verloren hätten. Warum in München? Warum gewährt ihnen München seit vierhundert Jahren Unterschlupf? In ähnlicher Art behandelten die heimischen Medien den Fall. Nach ausführlichen Beschreibungen aller Aspekte des Casus, der mittlerweile ohne Scheu „Skandal" und „Schande" genannt wurde, spitzten sie die Fragen zu, und wollten wissen, wann denn der Zeitpunkt gekommen sei, wenn nicht jetzt, das Unrecht gut zu machen, und die Bildtafeln den Nürnbergern zu übergeben.

Eine Analyse des renommierten Starnberger „Institut für Medienwirksamkeit" hat allein für die Printerzeugnisse in den letzten drei Monaten, also seit dem Erscheinen der Artikelserie in der ‚Nürnberger Allgemeinen', über fünfhundert Beiträge gezählt, von denen sich 98% positiv zu einer Rückkehr der Gemäldetafeln nach Nürnberg geäußerte haben. Selbst Münchner Stimmen haben sich in der überwiegenden Mehrzahl mit deutlichen Worten dafür ausgesprochen.

Die Menschen waren wie elektrisiert. Man hatte den Eindruck, sie wären über alle Maßen davon begeistert, sich für etwas einzusetzen, das jenseits aller Parteienpolitik stand, das an das unmittelbare Gerechtigkeitsgefühl appellierte und das einem erlaubte, für etwas Schönes einzutreten, für ein Kunstgemälde außerordentlichen Ranges, das kein Wider kennt, sondern nur ein Für. Zudem herrschte das Gefühl vor, die Angelegenheit wäre doch verhältnismäßig einfach aus der Welt zu schaffen. Der Umzug der vier Apostel bedeutete nicht einmal einen Wechsel des Bundeslandes. Es sei doch ein leichtes sie umzupacken! Sie blieben doch in Bayern! Herrschaftszeiten! Wer eigentlich stelle sich diesem Anliegen in den Weg? Etwa eine Verwaltungsvorschrift in der Art von römisch vier, Absatz drei, Paragraph sechs? Wie bitte? Das sei doch lachhaft. Gäbe es niemanden, der hier einschreiten könne… hier in Bayern?

Aber selbstverständlich gab es jemanden. All das gab ein deutliches Bild ab. Das Bild ließ nur eine Schlussfolgerung zu, und der Ministerpräsident zog diese eine, diese einzige sinnvolle Schlussfolgerung. Die ‚Nürnberger' las er ohnehin regelmäßig, so dass er Dr. Arved Riedhelms doppelseitigen Donnerhall und Fanfarenstoß wohl vernommen hatte. Seitdem ließ er sich regelmäßig, und zwar sehr bald täglich, eine Pressemappe zusammenstellen, die alles enthielt, was zu diesem Thema aufzufinden war. Die täglich eingehenden Beiträge sammelte er in einer extra Ablage, die rasch anwuchs, und niemand wunderte sich mehr als er, wie er den Stapel in der Ablage an Höhe zunehmen sah und nach einer geräumigeren Box zur Aufbewahrung Ausschau halten lassen musste. Als dann die Pressestimmen aus dem Ausland hinzukamen, die ihre Spekulationen über den Verbleib der ‚vier Apostel‘ betrieben, und die ganze Angelegenheit in Gefahr geriet, in eine Posse abzurutschen, begann man dringlicher den Ministerpräsidenten um Abhilfe zu bitten. Als das Ausmaß der Stimmen und Rufe immer mehr zunahm, als Anfragen von Radiostationen und Fernsehsendern ihn immer stärker drängten, Stellung zu nehmen, war schließlich der Zeitpunkt gekommen. Der Ministerpräsident rief eine Pressekonferenz ein und verkündete vor den versammelten Medienvertretern aus dem In- und Ausland, was ohnehin schon gerüchteweise durchgedrungen war:

Die beiden Bildtafeln ‚Die vier Apostel‘ von Albrecht Dürer kehren nach Nürnberg zurück.

XIII

Das Germanische Museum

Chery und Arco schlenderten entlang der weißen Säulen auf der Straße der Menschenrechte, die zum Haupteingang des Germanischen Museums führte. Auf den acht Meter hohen Säulen, in einer Reihe stehend, immer im gleichen Abstand, war jedes Mal ein Artikel der Menschenrechte eingraviert, insgesamt dreißig Artikel auf dreißig weißen Säulen. Die verkürzten Artikel waren auf Deutsch und zugleich in einer jeweils anderen Sprache verfasst, von Jiddisch über Englisch und Französisch usw. bis hin zur Sprache der Navaho.

Sie waren zu früh. Bis zur Eröffnung war noch jede Menge Zeit. Bei Säule 24 blieben sie stehen. Arco blies den Rauch aus und las halblaut den Text. „Anspruch auf Erholung und arbeitsfreie Zeit." Er nickte. „Lässt sich schwerlich etwas dagegen einwenden... ist aber noch ein weiter Weg bis dahin."

„Ich weiß nicht", sagte Chery, „schau mal, den Artikel haben sie den Zulus zugeordnet... da hätten sie aufmerksamer sein sollen... ausgerechnet den Zulus"

Arco zog noch einmal an der Zigarette und drückte sie an dem Hacken seines Schuhs aus und behielt den Stummel in der Hand. „Du meinst, wenn jemand Zulu liest, denkt der, die liegen doch eh' den ganzen Tag im Schatten ihrer Hütten und trinken Hirsebier… wozu brauchen die arbeitsfreie Zeit?"

„So was in der Art… da werden doch Vorurteile bedient… oder nicht?", Chery sah ihn an.

„Kann schon sein… aber du kannst Vorurteilen nicht ausweichen, kannst du nicht… sie sind überall. Außerdem ist Zulu eine Sprache… eine Bantusprache. Die Leute dort sprechen Zulu, sie sind keine Zulus."

„Trotzdem…", Chery wehrte sich, „ich hätte den Artikel zum Beispiel den Japanern zugeordnet… die arbeiten zu viel… die brauchen Freizeit."

„Wird wohl auch ein Vorurteil sein… nur ein anderes", sagte Arco und suchte nach einem Abfallkorb für seinen Zigarettenstummel.

„Das mag schon sein, aber manche Vorurteile sind schlimm, andere nicht… andere sind eher niedlich…, dass Japaner viel arbeiten, ist nicht so schlimm… wenn es überhaupt ein Vorurteil ist."

Sie schlenderten weiter und sahen einer Gruppe Kinder zu, die meisten von ihnen Mädchen, die in der Nähe spielten. Sie hatten etwas abseits mit Kreide Kästchen auf das Pflaster gemalt und hüpften über die eingeteilten Flächen, wobei sie bestimmte überspringen mussten. Manche hüpften auf einem Bein, andere auf zweien. Man hörte Rufe und Gelächter. Aufgebrachtes und empörtes Geschrei, wenn jemand eine Regel verletzte oder Jubel bei gelungenen Hüpfsprüngen. Dazwischen viel Geschrei und Gelächter.

„Himmel und Hölle", sagte Chery, „das hält sich… habe ich früher auch gespielt."

Arco blickte eine Weile auf die Kinder, die sich mit Hingabe an ihrem Spiel erfreuten. „Die ahnen noch nichts... was auf sie zukommt... die Unschuld der Ahnungslosen."

„Nein", sagte Chery, „die sind nicht ahnungslos... die vergessen vielleicht leichter oder lassen sich leichter ablenken, aber ahnungslos sind sie nicht. Neulich habe ich in der Straßenbahn eine Szene erlebt. Eine Mutter sitzt mit ihrer kleinen Tochter direkt vor mir. Das Kind nörgelt. Die Mutter versucht gute Stimmung zu machen und erzählt der Tochter dieses und jenes und sagt zu ihr schließlich, ‚stell dir vor, die Hanni, deine Cousine hat nächste Woche Geburtstag... was wollen wir ihr denn schenken?' Die Tochter zögert, ist eh missgelaunt und fragt, ‚wie alt wird sie?' ‚Sieben', sagt die Mutter. Daraufhin die Tochter, ‚dann sterbt sie ja bald...' Was meinst du... wie kommt sie darauf?"

„Na, hör sich das einer an... verrückt... ja... wahrscheinlich", Arco stieß einen Seufzer aus, „wahrscheinlich denken nur die Erwachsenen, die Kindheit sei ein Hort der Unschuld... dabei können die kleinen Ungeheuer richtig eklig sein... warte mal, da drüben ist ein Abfallkorb." Arco ging zu dem Korb und warf seinen Zigarettenstummel hinein. „Kann man ja hier nicht einfach auf den Boden werfen", sagte er. Sie gingen langsam zurück und sahen eher flüchtig auf die Säulen. „Sieh mal", sagte Chery, „Artikel 13, Recht auf Freizügigkeit... aber ja, das passt doch auf unsere Apostel..."

Beide wandten gleichzeitig ihre Köpfe zu einer Anzahl von schwarzen Luxuslimousinen, einige mit aufsetzbaren Blaulichtern auf dem Dach, die sich in diesem Moment näherten. Die Fahrzeugkolonne steuerte auf einen Nebeneingang des Museums zu und stoppte dort in einer ausgeklügelten Choreographie, die dem Schutz des in der Mitte haltenden Wagens diente. Türen wurden aufgerissen, zwei Männer sprangen heraus, eilten auf den Wagen zu und öffneten die Tür, woraufhin sie sich umdrehten und mit zusammengekniffenen Augen die Umgebung musterten. Aus dem Fond der Limousine stieg der Ministerpräsident. Er blickte nach links und nach rechts, um sich über die Örtlichkeit zu orientieren, glättete mit einer Handbewegung seine Krawatte, zog den Hosenbund zurecht und griff nach dem Jackett, das ihm einer seiner Sicherheitsbeamten reichte. Mehrere weitere Herren in Anzügen und einige Damen in Kostümen stiegen aus den Fahrzeugen, nestelten an ihrer Kleidung und folgten dem Ministerpräsidenten, als dieser im Inneren des Museums verschwand.

„Komm, lass uns gehen", sagte Chery, nachdem sie einige Minuten zugesehen hatten, „es wird Zeit…"

„Wir haben reservierte Plätze."

„Wir wollen nicht zu spät kommen… ich will nichts versäumen. Wo sind denn die anderen… und wer sind sie eigentlich?" Sie sah sich suchend um. „Wie viele Karten hat dir die ‚Nürnberger Allgemeine' zugestanden?"

„Arved war sehr großzügig… ausgesprochen fair. Er hat mir sechs Karten überlassen, was üppig ist, angesichts des Andrangs. Das ist ein Großereignis, und die Zahl der Gäste ist limitiert… dazu die gesamte Presse… da hat er für uns sechs Karten locker gemacht."

„Immerhin hat er dir einiges zu verdanken… kann man so sehen… Ach, da kommen sie", Chery machte eine Kopfbewegung in die Richtung, aus der sich zwei Gestalten näherten, ein Mann und ein Kind, „das sind doch Rutkowski und sein Neffe Sascha… das ist nett…" Sie war erstaunt, sie lachte und ihr gefiel es. „Wie bist du denn auf die beiden gekommen… sie einzuladen?"

„Wen hätte ich denn sonst einladen sollen… auf die beiden ist wenigstens niemand neidisch… da wundern sich viele, wieso gerade Rutkowskis, aber sie werden auf die beiden nicht neidisch sein. Was anderes wäre es, wenn ich zwei herausgefischt und eingeladen hätte. Keiner hätte es denen gegönnt."

Und wer sind die anderen zwei mit den verbleibenden Karten?", fragte Chery noch, aber da waren Nikolai Rutkowski und Sascha angelangt. Rutkowski war in einem seiner in die Jahre gekommenen Dreiteiler gekleidet, mit weinrotem Einstecktuch und grüner Krawatte, über der Schulter lag der graue Regenmantel. Sascha trug Air Jordan Sneakers, denen sein Hauptaugenmerk galt, dazu Jeans und ein helles Hemd und zeigte offen mächtigen Stolz über die Einladung. Er streckte Arco die Hand entgegen und bedankte sich und konnte seine große Freude kaum beherrschen, denn er lachte an einem Stück. Hallo, sagte er zu Chery und reichte ihr ebenfalls die Hand und dankte auch ihr. „Danke vielmals… echt, das ist… Arco, du hast was gut bei mir."

„Hab`s notiert", sagte Arco, „werde darauf zurückkommen."

„Die Wetteraussichten sind umstritten", ließ sich Rutkowski vernehmen und verzog das Gesicht, „das Gewölk dort hinten bereitet mir ein klein wenig Sorge… und ich hoffe, es wird uns keinen Streich spielen", und fuhr dann fort, „ich grüße Sie herzlich und hoffe, Sie sind bei guter Gesundheit." Dabei hatte er mit einer flüchtigen Bewegung hinter sich gedeutet.

„Wird schon halten", sagte Arco, „aber ja… Sie haben Sascha mitgenommen…"

Rutkowski hob angesichts der Unabänderlichkeit die Schultern. „Natascha lässt sich entschuldigen… sie meint, Sascha hätte mehr von der Veranstaltung… wird wohl so sein, er kann viel lernen. Sie sind äußerst gütig, für ihn ist alles neu."

„Na schön… Sascha ist immer willkommen… der Ministerpräsident ist eben vorgefahren… wir gehen gleich rein."

Rutkowski gab sich bedenklich und lächelte schalkhaft. „Bei uns hieß es früher, ‚je näher beim Zaren, desto lockerer der Kopf'… aber so sind hier die Verhältnisse nicht, der Ministerpräsident ist ein Freund der Menschen, habe ich nicht recht?"

„Ein wahrer Freund, mein Lieber", sagte Arco, „Sie werden sehen… haben Sie Ihre Eintrittskarten dabei?"

„Wie denn nicht, lieber Arco, heißt es doch bei uns, ‚ohne Papierchen bist du ein Wurm, mit Papierchen ein Mensch'… ich habe die Billets hier", dabei klopfte er gegen seine Brusttasche.

„Wo sitzen wir?" Sascha sah Arco fragend an.

„Weiß ich nicht… werden wir sehen. Gib nur Acht, dass kein Riese vor dir sitzt, der dir die Sicht nimmt… das wäre schlecht."

„Ja, ich pass auf", sagte Sascha und machte auf einmal große Augen, wobei er schelmisch kicherte, denn er bemerkte, wie eine Person im Rücken von Arco auf sie zukam, und er erkannte gleich die Person, denn er hatte ihr einmal ein Päckchen überbracht.

„Guten Tag", sagte eine Stimme, „ich hoffe, ich bin rechtzeitig…"

Arco wandte sich um und stand Anne-Marie gegenüber.

Für einen Moment herrschte Stille. Arco hatte Anne-Marie über eine lange Zeit hinweg nicht gesehen und erstarrte förmlich bei ihrem plötzlichen Erscheinen. Da er ihr zwei Karten zugeschickt hatte, konnte er erwarten, dass sie der Einladung folgte, aber nun, als sie vor ihm stand, allein vor ihm stand, traf es ihn, als ob er unvorbereitet wäre.

Chery war auf eine andere Art erstaunt, denn sie wäre nie auf die Idee gekommen, dass die beiden letzten Karten für Anne-Marie bestimmt waren. Nie und nimmer…

Sie mochte Anne-Marie, seitdem sie sie kannte und hatte die Trennung aufrichtig bedauert, aber sie hätte nicht gedacht, dass nach allem, was geschehen war, Anne-Marie hier einfach auftauchen würde. Alle spürten die Befangenheit, die Anne-Maries Erscheinen bei Arco hervorrief, in der Folge auch bei allen andern, und wie die Situation sie alle hemmte und beschwerte. Da ging Sascha auf Anne-Marie zu, reichte ihr die Hand und sagte ‚hallo‘, nannte seinen Namen, deutete auf seinen Onkel und sagte, das sei Nikolai Rutkowski, woraufhin dieser seinen Kopf neigte und höchst verbindlich lächelte.

„Ich weiß, wer du bist, Sascha“, antwortete Anne-Marie, „wir hatten schon einmal das Vergnügen… wobei… Vergnügen, nun ja… auf jeden Fall, hast du dich tapfer geschlagen und ich freue mich, dich wieder zu sehen.“ Sascha strahlte über das ganze Gesicht.

Anne-Marie wandte sich zu Nikolai Rutkowski, sagte ebenfalls ‚hallo‘ und sagte es auf eine Art, dass dieser sich fühlte, als ob er in einen Honigtopf gefallen wäre.

„Schön, dass du gekommen bist“, sagte Chery, „ich freue mich, dich wieder zu sehen.“ Sie ging zu Anne-Marie und umarmte sie, was diese gleichfalls in aller Herzlichkeit erwiderte. Die beiden Frauen umarmten sich.

Blieb noch Arco... Sein Inneres war in Aufruhr, das merkte man. Er ging einen Schritt auf Anne-Marie zu und legte zuerst den Arm um sie und dann für einen Moment seine Wange an die ihre. Es schien, als ob er ihr etwas zuflüsterte, denn sie lauschte aufmerksam, so sah es zumindest aus, und ein verhaltenes Lächeln huschte über ihr Gesicht.

„Ich hoffe, es sagt dir zu…", sagte er, nachdem er sie losgelassen hatte, „der Ministerpräsident ist extra gekommen."

„Um den geht es mir weniger", erwiderte sie freimütig lächelnd, „aber ich habe gehört, er hätte vier würdige, heilige Männer mitgebracht… hinter denen bin ich her… und ich kann gar nicht sagen, wie glücklich ich bin, wenn ich sie hier tatsächlich antreffen sollte."

Alle stimmten ihr zu und freuten sich auf das, was sie im Inneren des Museums heute erwartete.

„Ich will es gleich zu Beginn loswerden", fuhr Anne-Marie fort, „mit allem Ernst und aller Deutlichkeit… ich bin denjenigen unendlich dankbar, die dieses Wunder zustande gebracht haben, das große Dürergemälde der vier Apostel hierher nach Nürnberg zu holen. Und wenn es der Ministerpräsident ist, bin ich ihm unendlich dankbar… und wenn es Arco ist, bin ich ihm unendlich dankbar… ich will auch gerne beiden zugleich dankbar sein… ja, sehr gerne. Ich nehme aber an, dass es wohl Arco war, der die entscheidenden Schritte vorbereitet hat…", sie blickte zu Arco, der einen etwas einfältigen Anblick bot, als er das Lob zu hören bekam, „zumindest glaube ich es, dass er es war…, dass ohne ihn die vier Apostel niemals zurückgekommen wären. Es ist ein

Mirakel ohnegleichen, und es wiegt alles andere auf... Eine Tat, die man mit den Taten der klassischen Helden gleichsetzen kann... wenn sie nicht gar höher einzuschätzen ist... doch, doch... jedenfalls für mich. Es bedarf nicht unbedingt eines Kloben mit der Keule in der Hand und einem Löwenfell über den Schultern... ich weiß nicht, wie Arco das angestellt hat, aber wohl eher mit List und auf geschmeidige Art wie Odysseus..."

Anne-Marie zögerte für einen Moment und suchte nach den treffenden Worten, was ihr offensichtlich schwerfiel. „Luuk van Porten lässt dich grüßen, Arco... er wünscht dir alles Gute... er ist zurück in Holland... ist dort unabkömmlich... er wird hier nicht dabei sein." Sie hielt inne und mühte sich, gab sich dann einen Ruck. „Ich will noch sagen, dass ich bei der Lektüre von Märchen mich früher immer gefragt habe... wenn also die schöne Königstochter demjenigen unter den Bewerbern ihre Gunst schenkte, der die gestellte Aufgabe gelöst hatte... dem Drachen den Kopf abzuschlagen oder so... ich habe mich dann immer gefragt, ob es nicht auch ein anderes Kriterium für eine Wahl gäbe... Ich habe mir immer gesagt, ich würde mir einen aussuchen, der mir gefällt... ob er nun dem Drachen den Kopf abgeschlagen hat oder nicht, stünde nicht an erster Stelle..."

Anne-Marie verstummte und schluckte einige Mal. Sie ließ einen Moment verstreichen und rang um Fassung, schließlich sagte sie: „Erst jetzt habe ich die Königstochter verstanden, die den Helden wählt, der die Aufgabe bewältigt... das habe ich jetzt verstanden. Es ist die Tat... und noch etwas", sie wandte sich direkt an Arco, „du hast mir vorhin zugeflüstert und gefragt, ob Luuk mich nicht zerdrückt hätte... nein, hat er nicht. Und wenn er es hätte, wäre es jetzt vorüber. Deine Tat hat mich aufgerichtet… diese Tat hat einen ungeheuren Wert für mich, für mich ganz persönlich. Ich fühle mich ins Gleichgewicht gebracht, ich fühle mich befreit… ich bin jetzt frei… und kann tun, was ich möchte. Und heute möchte ich mit euch den vier Aposteln einen Besuch abstatten."

Das war nun ein bisschen viel für die kleine Gesellschaft. Mit einem derartigen Bekenntnis hatte niemand rechnen können, zumal auch niemand ahnte, ausgenommen Arco, dass Anne-Marie erscheinen würde, und im Falle Rutkowskis war es sogar fraglich, ob er wüsste, dass sie es überhaupt gäbe. Beides zusammen aber, Anne-Maries unerwartetes Auftauchen und ihre bewegenden Worte mit dem Hinweis auf die Königstochter und den Bewerber, der dem Drachen den Kopf abschlägt, erzeugten bei den Anwesenden einen Anflug von Verlegenheit, wie es eben in einem solchen Fall des Öfteren geschieht. Desgleichen sorgte die von ihr angesprochene Frage, ob Luuk sie nun zerdrückt habe oder eher nicht, für Unsicherheit und machte sie betreten.

Allerdings nicht so bei Chery. Ihre Augen glänzten und ihre Wangen waren gerötet, denn sie verstand Anne-Marie mit jeder Faser, und ihre Worte trafen ihr Herz. Nicolai Rutkowski, der seinen Regenmantel von der einen Schulter auf die andere bugsierte, empfand eher Verwirrung. Er suchte nach einem passenden Sprichwort, das der Situation gerecht werden könnte, wurde aber auf die Schnelle nicht fündig. Sascha strahlte Anne-Marie an und war von ihr begeistert, war von ihr fasziniert, ohne behauten zu wollen, er hätte alles verstanden, was er eben zu hören bekommen hatte. Er himmelte sie schlichtweg an, weil sie so wunderschön aussah, während sie sprach.

Und Arco? Bei Arco war die Lage kompliziert. Wollte jemand behaupten, er hätte die Tafeln mit den vier Aposteln nur Anne-Marie zuliebe nach Nürnberg geholt, könnte er dem im Prinzip zustimmen, aber dennoch fehlte da einiges in der Motivkette. Das wollte er aber hier nicht unbedingt ansprechen. Dazu kam die Wirkung eines einmal in Gang gesetzten Prozesses, der dann eigenständig sich fortsetzt, ohne viele Gedanken daran zu verschwenden, wo er seinen Anfang genommen hat. Schon längst hatte er das Apostel-Vorhaben als seinen eigenen Auftrag angesehen, den er aus eigener Motivation erledigen wollte, und nicht mehr vorrangig als Erfüllung des Wunsches von Anne-Marie. Aber so war es nun mal, und er hatte es ursprünglich für Anne-Marie begonnen. Was ihm aber zu denken gab, war die Sache mit dem erwählten Bewerber bei der Königstochter, der deshalb erwählt wurde, weil es ihm gelungen war, dem Drachen den Kopf abzuschlagen. Er sah das auch als eine bewundernswerte Tat an... schafft nicht jedermann. Aber da rührten sich Zweifel und Fragen... Wenn er das richtig verstanden hatte, dass Anne-Marie hier ein Bekenntnis zu seinen Gunsten abgelegt hatte, blieb doch die Frage, worauf denn ihre Beziehung in Zukunft fußen sollte? Etwa auf dem abgeschlagenen Drachenkopf – um im Bild zu bleiben. Sie also wollte ihm gehören, weil er Dürers Apostel den Umzug ermöglicht hat? Wie soll eine Verbindung Bestand haben, die einem einzigen Ereignis zu verdanken ist? Haben sich das die Bewerber um die Königstochter nie gefragt? Haben die sich nie gefragt, was denn der enthauptete Drache mit Liebe zu tun hat? Wie lange hält die Bewunderung an, die Ehrfurcht vor der Tat? Eine Tat schleift sich ab, sie verdunstet regelrecht und versinkt im Gewöhnlichen. Das Extraordinäre verblasst nach einiger Zeit, und übrigbleibt, was auch schon vorher da war, vor der Heldentat, also das, was ohne das spektakulär Vollbrachte immer zu Tage tritt. Und die Frage besteht, ob das ausreichte. Andererseits heißt es im Märchen immer… und wenn sie nicht gestorben sind, leben sie glücklich und zufrieden. Was war davon zu halten? Nicht so sehr viel, seiner Meinung nach… Schließlich ärgerte er sich, weil Anne-Marie das, was er ihr zugeflüstert hatte, einfach herausposaunte. Weshalb flüstert man denn, wenn das Geflüster kurz darauf preisgegeben wird? Die Frage, ob Luuk sie zerdrückt hätte, erachtete er als eine sehr persönliche, eine durch und durch intime und nicht eine, die zur Abstimmung der Anwesenden gedacht sei… Geflüstert fand er die Frage hilfreich, laut geäußert unangenehm. Er hätte sie niemals laut geäußert.

„Danke, Anne-Marie, dass du gekommen bist", sagte er, „das freut mich und uns alle… auf jeden Fall, Anne-Marie, musst du deine Dankbarkeit auch auf die ‚Nürnberger Allgemeine' und Dr. Arved Riedhelm ausdehnen, denn diese haben bei dem Unternehmen mitgewirkt… um offen zu sein, mehr als nur mitgewirkt."

Arco ließ seinen Blick der Reihe nach über die Gesichter der kleinen Schar gleiten, schaute ihnen einmal in die Augen und lächelte erleichtert.

„Da sind wir also… Dann sind wir vollzählig… lasst uns gehen, bevor sie ohne uns beginnen."

XIV

Der Festakt und der Ministerpräsident

Sie sollten in einer der hinteren Reihen Platz nehmen, dort wo für sie sechs Sitze reserviert waren, wie sie es ihren Einlasskarten entnehmen konnten. Arco hatte Arved gebeten, sie mit gebotener Diskretion zu behandeln, sie möglichst unauffällig zu platzieren, zumal ihr Erscheinungsbild sich ohnehin scharf von dem der geladenen Festgäste unterschied, die in eindrucksvollen Garderoben erschienen waren, dem Festakt angemessen. Er hatte ihm die Zusage abverlangt, mit keinem Wort auf seinen Part bei der Rückführung der vier Apostel einzugehen, auch nicht seinen Namen zu nennen.

Dr. Arved Riedhelm, stellvertretender Chefredakteur der ‚Nürnberger Allgemeinen‘, war über diese Bitte oder Forderung Arcos sehr erleichtert, denn wie hätte er auch in seiner Rede darauf eingehen sollen, ohne dabei die Rolle seiner Zeitung und infolgedessen auch die seiner Person zu schmälern. Das wäre gar nicht machbar, auch nicht darstellbar und liefe seinen und den Interessen der ‚Nürnberger‘ vollständig entgegen. Dafür hatte er sich mit den sechs Karten für den Eröffnungsfestakt erkenntlich gezeigt, von denen eine bedauerlicher Weise verfiel, da Luuk van Porten in Holland bei seinem Käsehandel unabkömmlich war.

Arco trat in die Stuhlreihe und setzte sich mittig. Als Anne-Marie sich rechts neben ihn setzen wollte, drängte sich Sascha flink dazwischen, setzte sich seinerseits und strahlte, als ob er einen Platz im Paradies erobert hätte.

„Du willst neben Arco sitzen…" Anne-Marie sah ihn verständnisvoll an.

„Ja…", er griente und rutschte auf seinem Stuhl hin und her, „bei dir."

„Ach", sagte sie, „sind wir Freunde geworden…"

„Hmm." Sascha nickte und lächelte beglückt.

Links neben Arco saß Chery und neben ihr Nikolai Rutkowski. Dieser hatte seinen grauen Regenmantel von der Schulter genommen, den er nur mit Mühe und Hartnäckigkeit durch die Eingangskontrolle gebracht hatte und auf den Schoß gelegt. Er blickte sich um, wandte sich zur einen Seite, dann zur anderen und suchte vergeblich ein Fenster, um sich über den Stand des Wolkengebälks zu informieren. Aber es gab keine Fenster. Die Wände des Saals waren mit dunkelgrüner, leicht angerauter Stofftapete bespannt. Die Gemälde, die dort üblicherweise hingen, hatte man wohlweislich abgehängt, um keinen Anreiz zur Ablenkung zu bieten. Raffiniert gestreutes Licht kam aus den Kassetten in der Decke und von einzelnen, herunter gedimmten Ministrahlern. In Front des Publikums begrenzte ein schwerer, rubinroter Vorhang die Sicht, hinter dem, aller Wahrscheinlichkeit nach, die vier Apostel lauerten. Vor dem faltenreichen Vorhang stand an den beiden Seiten je ein Wachmann in anthrazitgrauem Anzug und mit übereinander gelegten, weiß behandschuhten Händen vor dem Bauch. Sie starrten mit steinerner Miene vor sich hin. Doch man konnte sicher sein, falls jemand von den Anwesenden ein Säurefläschen bereithielt, das ihm gelungen war, durch die sorgfältige Eingangskontrolle zu schleusen, und dieser jemand auf ein Attentat aus war… dann würden die beiden Herren überaus effektiv einschreiten, ja da konnte man sicher sein. Ein Rednerpult mit dem Wappen der Stadt und einem Glas Wasser stand bereit.

Der Saal war bis auf den letzten Platz gefüllt, mit Ausnahme des für Luuk zugedachten, der am äußeren Rand der Reihe leer blieb. Die Stühle standen frei in leicht konkavem Bogen und waren mit rotem Samt bezogen und hatten hohe, geschwungene Lehnen.

In der ersten Reihe saß Prominenz.

Arco konnte Arved ausmachen, der sich angeregt mit dem Oberbürgermeister zu seiner Linken unterhielt und auch hin und wieder ein Wort mit dem Ministerpräsidenten zu seiner Rechten wechselte, der wiederum in erster Linie ein Gespräch mit seinem anderen Nachbarn führte. Ebenfalls Politprominenz, doch sehr dienstfertig und erbötig gegenüber dem Ministerpräsidenten, wahrscheinlich der Regierungspräsident.

„Sie sind schon alle versammelt, auch der Ministerpräsident", sagte Arco leise.

„Wer ist denn der Ministerpräsident?", wollte Sascha wissen, dabei reckte und streckte er sich, um an dem massigen Rücken seines Vordermannes vorbeizulinsen.

„Kannst du schlecht sehen?", fragte Anne-Marie.

„Ja…"

„Komm, lass uns alle einen Platz rüber rutschen", sagte Anne-Marie und stupste Arco an, „der Junge sieht von seinem Platz aus schlecht… ich komme damit klar." Sie deutete mit dem Finger auf den massigen Rücken samt breitem Schädel vor Sascha. Arco nickte zustimmend, beugte sich zu Chery und bat sie, Rutkowski zu bedeuten, einen Sitz weiter zu wechseln, da Sascha von seinem Platz aus schlecht sehe. Rutkowski neigte sich zu Chery, die ihn informierte, nickte ebenfalls, packte seinen Regenmantel, und alle erhoben sich synchron, um den Wechsel vorzunehmen. Sie setzten sich. Durch dieses Manöver war Luuks freier Platz vom Rand zur Mitte hingesprungen, und Sascha konnte den Ministerpräsidenten erspähen als Arco ihm erklärte, welcher es sei... der Große mit dem dunklen Haar.

Schön sei es, sagte Sascha, dass der Ministerpräsident nicht vor ihm säße, sonst sähe er gar nichts.

Trotz allem war es mit der Sicht für Sascha immer noch nicht gut bestellt. Obwohl die Dame vor ihm von zarter Gestalt war, galt das schon nicht mehr für die Person in der nächstvorderen Reihe und weiteren in seinem Blickfeld. Sascha streckte und verdrehte seinen Kopf, um besser sehen zu können. Da geschah etwas Unerhörtes. Rutkowski nahm seinen Regenmantel in die Hände, faltete ihn mehrere Male, faltete ihn geschickt zu einem Päckchen, zupfte und drückte es zurecht und reichte es mit generöser Geste Chery. Er trennte sich faktisch von seinem Regenmantel. Chery nahm ihn mit erstaunt gehobenen Brauen und reichte ihn Arco weiter, der ihn ungläubig entgegennahm, um sich dann Sascha zuzuwenden, ihn kurz aufstehen ließ und ihm das Regenmantelpäckchen als Kissen auf den Sitz schob.

Sascha konnte nun gut sehen, und der Festakt begann.

Der Oberbürgermeister trat ans Rednerpult, begrüßte die Anwesenden beginnend beim Ministerpräsidenten, übergehend zu den mannigfaltigen Honoratioren nach

Rang und Würde gestaffelt und endend bei den sehr verehrten Damen und Herren. Er bedankte sich, natürlich… er hielt Rückschau… er hielt Ausschau… er versprach… er gelobte… er umriss… er hoffte und er ermunterte. Aber was konnte er schon viel ausrichten mit seinen Vorläufigkeiten, warteten nicht alle auf die nächsten Redner, speziell auf den Ministerpräsidenten - und vor allem und im Besonderen auf das Lüften des Vorhangs, um endlich die Apostel willkommen zu heißen? Man würde sich an seine Rede schon am nächsten Tag nicht mehr erinnern.

Als nächster Redner begab sich der Leitende Direktor des Germanischen Nationalmuseums an das Pult und nahm ein Schluck Wasser in den Mund. Er war der Hausherr und übte das Hausrecht aus. Er übte das Hausrecht aus, indem er auf das Gründlichste den Gründungsgedanken des Germanischen Nationalmuseums darzulegen bestrebt war. Er begann mit dem Kongress deutscher Sprach- und Geschichtsforscher 1846 in Frankfurt am Main, an dem neben anderen aufgeklärten Geistern die Gebrüder Grimm, Jacob Burckhardt und Leopold Ranke teilgenommen hatten. Die Gründung des Museums fand einige Jahre später 1852 statt, nachdem die politische Einigung der deutschen Staaten im Jahr 1848 gescheitert war.

,Germanisch' hieße das Museum, das müsse einmal mehr erklärt werden, weil ansonsten der Begriff von übelbeleumdeter, unbefugter Seite in Beschlag genommen zu werden drohte, ,germanisch' also hieße das Museum, weil die aufgeklärten Geister jener Zeit dort ihr Studienfach einrichteten und es ,Germanistik' nannten. Der Beginn ihrer Forschungsvorhaben bildete die erste

Lautverschiebung (kurz ‚Grimm' und englisch Grimm´s Law), die den Übergang vom urindogermanischen zum urgermanischen Konsonantensystem kennzeichnet. Dieser Lautverschiebung folgte eine signifikante Differenzierung zwischen dem Germanischen und den anderen, sich ausformenden indogermanischen Sprachen.

Der Name des Museums ist Programm für eine Idee eines durch die Sprache und damit in Zusammenhang stehende Kultur abgegrenzten Raumes…

Da der Leitende Direktor kein einziges Mal von seinem Redemanuskript aufschaute und überdies einen etwas leiernden, ermüdenden Sprechduktus pflegte, begann das Publikum vor sich hin zu dämmern und beschloss einfach abzuwarten, bis das Ende erreicht war.

Nach dem Oberbürgermeister und dem Direktor des Germanischen Nationalmuseums war Dr. Arved Riedhelm an der Reihe. Ihm ging es nicht viel besser als seinen Vorrednern. Obwohl er seine Ansprache mit allerlei Beiwerk schmückte, mit Anekdoten würzte, stellenweise aus dem Nähkästchen plauderte -, gemeint sind Redaktionsinterna, was immer gut ankommt-, machte sich nach einiger Zeit eine wahrnehmbare Unruhe breit, so wie eine leichte Brise die Oberfläche eines bis dahin stillen Sees bewegt. Als er dann ernsthaft und mit allem Nachdruck auf die Macht der Presse verwies und auf die unendlich verantwortliche Rolle, die sie im Gemeinwesen und in der Öffentlichkeit spielt, - ja er wolle so weit gehen, sie gar als die Öffentlichkeit schlechthin bezeichnen - als er dieses Themenfeld ausbreitete und aus verschiedenen Perspektiven beleuchtete, wuchs die Unruhe und war schwerlich zu ignorieren. So kürzte er ab. Er beeilte sich, zum Schluss zu kommen.

Er bedankte sich bei allen möglichen Personen und Organisationen und Institutionen, selbstverständlich ausführlich beim Ministerpräsidenten usw., usw. und bedankte sich sogar zum Abschluss bei Albrecht Dürer.

Als Dr. Arved Riedhelm zu seinem Platz ging und sich setzten wollte, war der Ministerpräsident schon aufgestanden, kam ihm einen Schritt entgegen und gratulierte ihm mit anerkennendem Lächeln und Handdruck. Daraufhin neigte Arved ehrerbietig den Kopf und nahm mit einem leichten Seufzer seinen Platz ein.

Der Ministerpräsident schritt zum Rednerpult, positionierte sich und zog aus der Innentasche seines Jacketts einige Notizen, die er nebenher zurecht klopfte, während er seinen Blick über die Köpfe der Versammelten schweifen ließ. Ein leichtes, amüsiertes Lächeln ließ erkennen, wie sehr er den Augenblick, die Feierstunde und den Triumph genoss.

„Lassen Sie mich eines feststellen, meine sehr verehrten Damen und Herren", sagte er, nachdem das Begrüßungsritual erfüllt war, „ein lang gehegter Traum ist in Erfüllung gegangen... 1526 schenkt Dürer dem Rat der Stadt Nürnberg die beiden monumentalen Tafeln der vier Apostel mit der Bitte sein ‚kleinwirdig Gemäl... zu seiner Gedechtnus zu behalten'. Sein ‚gemel und erpieten' wurden gnädig angenommen...

Allerdings änderten sich im Lauf der Zeiten die Besitzverhältnisse, und Nürnberg hatte das Nachsehen.

Glauben Sie mir, die bayerische Staatsregierung und, ich stehe nicht an, zu sagen, insbesondere meine Person, haben das Menschenmögliche getan, um diesen Traum wahr werden zu lassen. Als Nürnberger war es mir seit jeher ein Anliegen, das großartige Gemälde Albrecht Dürers wieder zurück an seinen Bestimmungsort zu führen, in die Stadt seiner Herkunft, was mit dem heutigen Tag in Erfüllung geht…"

Hier brandete Applaus auf, dem der Ministerpräsident maßvoll zunickte.

„Lassen Sie mich auf etwas zu sprechen kommen… es gibt in der Museumswissenschaft eine allgemeine Tendenz, die uns dabei – und das will ich gar nicht abstreiten – zu Hilfe gekommen ist. Ich meine die Tendenz… die Tendenz, die über all die Zeiten erworbene Exponate und Gegenstände der Kunst an ihren Ursprungsort zurückzuführen, wenn denn der Erwerb unter nicht eindeutig legitimen Vorzeichen erfolgt ist. Das muss sorgfältig geprüft werden… das versteht sich… Hier hat ein museologischer Paradigmenwechsel stattgefunden, und ich möchte auf Eike Schmidt, den Leiter der Uffizien in Florenz verweisen, der gefordert hat, die Kunstschätze in den Museen…", der Ministerpräsident hielt inne, um die Bedeutung seiner Aussage zu unterstreichen, „die Kunstschätze in den Museen an die Kirchen zurückzugeben… ja, an die Kirchen, soweit sie ihnen genommen worden sind."

Jetzt war ein vielstimmiges ‚Ochch' zu hören… ungläubiges Erstaunen, dem sich der Ministerpräsident unberührt entgegenstellte.

„Meine Damen und Herren, wir verstehen Museum nicht länger als Endlager bürgerlicher Bildungsbedürfnisse… wir verstehen Museum nicht als Institution der individuellen Isolation und der Reduktion… Kunstschätze aller Art werden wieder zurückgegeben und dem

Ort zuerkannt, von dem sie ursprünglich herstammen…
Ich nenne nur das Stichwort Rekontextualisierung, um
Ihnen einen Hinweis zu geben… Der Kontext oder besser… der Bezugsrahmen… oder noch treffender… die
Heimstatt für die vier Apostel von Albrecht Dürer war
und ist aber Nürnberg… und ich glaube, sagen zu dürfen, wir befinden uns hier mit der Heimkehr der vier
Apostel in guter, in sehr guter Gesellschaft…"
Erneuter, prasselnder Applaus, der zwar hohe Zustimmung signalisierte, aber mehr noch die überspannte Er-
wartungshaltung ausdrückte, die ihren höchsten Punkt
erreicht hatte. Es sei an der Zeit.
Der Ministerpräsident verstand und gab ein Zeichen.
Das Zeichen wurde erkannt.
Die Beleuchtung im Saal verglomm daraufhin, geriet
zu einem spärlichen Dämmerrest, der ebenfalls nach
und nach verschluckt wurde, währenddessen sich der
faltenreiche, rubinrote Vorhang, der mit der Abnahme
des Lichts auch seine schöne Farbe einbüßte, mit leisem
Surren zu den Seiten hin öffnete. Es herrschte Finsternis.
Man sah den Ministerpräsidenten nicht mehr, von den
beiden Wachmännern keine Spur, und das Öffnen des
Vorhangs hatte keinen Zugewinn gebracht, denn man
blickte geradewegs ins Schwarze, ohne das Geringste
erkennen zu können. Der Zustand hielt nicht lange an,
immerhin jedoch eine ganze Weile, war als kurz andau-
erndes Vorspiel gedacht, das einem anderen Platz machte, als mit einem Schlag ein Scheinwerferkegel aufflamm-
te… Da war er plötzlich wieder, der Ministerpräsident!
Doch was war denn das? Der Ministerpräsident sah gar
nicht aus wie der Ministerpräsident… Man möge es
glauben oder nicht, aber der Ministerpräsident trug auf

einmal einen Pelzrock, einen rotbraunen Rock, weit geschnitten, mit Pelz verbrämt... und eine Perücke, deren
langes Haar ihm in üppigen Locken bis auf die Schultern
fiel. Ein Bart war ihm um das Kinn gewachsen... Ja, war
er denn von allen guten Geistern verlassen! Kam er denn
von der Prunksitzung der Veitshöchheimer Karnevals-
gesellschaft? Er hatte sich als Albrecht Dürer kostümiert!
Und im Hintergrund – man hatte ja voller Verwunderung zuerst nur ihn im Blick gehabt – im Hintergrund
schälten sich aus der Dämmerung, die von einem war-
men Schein abgelöst wurde, der sich sekündlich ver-
stärkte und die Szenerie in ein gefälliges Licht tauchte...
es schälten sich die vier Apostel in ihrer ganzen Pracht
und Herrlichkeit heraus.
Atemlose Stille. Sprachlosigkeit herrschte. Man traute
seinen Augen nicht. Der Ministerpräsident als Albrecht
Dürer nun auch im gefälligen Licht, ebenso wie die vier
Apostel... Ein Raunen, das gleichzeitig allen Mündern
entsprang. Da waren sie, die vier Apostel... und die beiden Wachmänner waren auch wieder aufgetaucht, hielten sich diskret an den äußersten Seiten.
Sodann hob der Ministerpräsident oder Albrecht Dürer,
wie man will, mit Emphase den bemäntelten, pelzbesetz-
ten Arm und sprach in feierlichem Ton:
„Ich habe die Bilder 1526 dem Rat der Stadt Nürnberg
geschenkt... verbunden mit der Bitte, ‚mein ‚kleinwirdig Gemäl... zue meyner Gedechtnus zu behalten und in
frembdte händt nit kommen zu lassen‘, heißt es in meinem Schreiben wörtlich.
Das Publikum klatschte heftig, Jubellaute mischten sich
darunter. Der Ministerpräsident oder Albrecht Dürer,
wie man eben will, hielt einen Laserpointer in der Hand,

ließ vom mittelalterlichen Idiom ab und sprach von nun an alltäglich.

„Ich habe auf die Tafeln mehr Fleiß als auf andere Gemälde verwandt und wollte sie im Rathaus hängen sehen… Die beiden schmalen, über zwei Meter hohen Tafeln aus Lindenholz zeigen rechts den Apostel Paulus und den Evangelisten Markus… links erscheinen der Apostel und Evangelist Johannes und der Apostelfürst Petrus…"
Er markierte mit dem Laserpointer die jeweils Angesprochenen.

„Das extrem schmale Format von nur 74 cm erlaubte mir keine Gleichgewichtung der Figuren… Ich musste mich dem Material fügen. Im Vordergrund stehen die beiden monumentalen Gestalten von Paulus und Johannes…"
Albrecht Dürer oder der Ministerpräsident, je nachdem, wem man den Vorzug gibt, ließ den roten Punkt des Laserstrahls über die Genannten streifen, um dann zu dem anderen Paar überzuleiten.

„Petrus und Markus sind in den Hintergrund gerückt und erscheinen nur als Köpfe, als eindrucksvolle Köpfe, wenn ich das in aller Bescheidenheit bemerken darf…"
Die Köpfe wurden mittels des Pointers gekennzeichnet, indem der rote Punkt auf ihnen hin und her zitterte.

„In der Gegenüberstellung von Paulus und Johannes als Hauptfiguren, breche ich bewusst mit der mittelalterlichen Tradition, die dem Paulus grundsätzlich Petrus gegenüberstellte. Ich habe den Petrus mit Fleiß ein wenig zurückgesetzt, um damit meine Vorbehalte gegen das Papsttum auszudrücken…"
An dieser Stelle des Vortrags ließ sich aus dem Publikum vereinzelt schmerzvolles Stöhnen vernehmen, was nun Albrecht Dürer veranlasste, aus seiner Rolle zu treten,

sie zu verlassen und übrig blieb der Ministerpräsident, der sprach.

„Meine Damen und Herren, wir müssen uns schon zurechtrücken... wir befinden uns in Zeiten der Reformation...da waren Vorbehalte gegen den Papst an der Tagesordnung. Ich darf Sie daran erinnern, dass die Reformation 1517 mit Luthers Thesenanschlag an der Schlosskirche zu Wittenberg begann, und Albrecht Dürer nur neun Jahre später, 1526, sein Gemälde dem Rat der Stadt schenkte... was heißt, dass Nürnberg zu dieser Zeit schon fest protestantisch war... da war der Papst wenig gelitten. Im Übrigen gilt... Bayern ist auch evangelisch..., nicht nur katholisch."

Überwiegend Zustimmung im Publikum, Klatschen flackert auf, beifälliges Gemurmel.

Nun weiter der Ministerpräsident als Dürer.

„Ich zeige Petrus als bärtigen, alten Mann... Um ihn kenntlich zu machen, erhält er den goldenen Schlüssel. Sein Schädel ist nahezu kahl und von den Jahren gezeichnet. Petrus hat Mühe beim Lesen... seine Augenbrauen sind über der Nasenwurzel leicht zusammengezogen, um eine altersbedingte Sehschwäche auszugleichen und die Schrift in dem aufgeschlagenen Buch besser lesen zu können."

Der ferngeleitete rote Punkt streicht über die angesprochenen Gesichtspartien.

„Im Vordergrund der Tafel steht der Lieblingsjünger Jesu, Johannes, traditionell als jugendliche Gestalt, eingehüllt in einen roten Mantel, dessen satter Ton aufs Delikateste mit dem grünen Untergewand korrespondiert. In ungewöhnlicher Prachtentfaltung für einen Apostel – das gebe ich gerne zu und nehme es auf meine Kappe -

glänzt das Futter des Mantels in mattem Gold.... Daran habe ich meine Freunde..."

Der Laserpointer huscht über die Figur des Johannes, über das matte Gold des Mantelfutters, dann hin zur rechten Seite über.

„Auf der rechten Tafel steht dem Johannes... ebenfalls in Profilansicht... Paulus gegenüber... Sein ausdrucksvoller, kahler Schädel mit dem argwöhnischen Auge, das den Betrachter mit stechendem Blick aus dem Augenwinkel heraus erspäht, man möchte eher sagen, verfolgt... Paulus ist einer, der die Zügel gerne straff anzieht und seinen Gemeinden mit flammender Zunge die Leviten liest. Mit der Rechten umklammert er ein Schwert... ich habe mir erlaubt, einiges Blut auf dessen Schneide sichtbar werden zu lassen... soll ein Hinweis auf seinen Charakter sein. Auf dem linken Arm hält er einen geschlossenen Folianten... wollte jemand mutmaßen, es würde sich um jenes mythenreiche Buch handeln, in dem die Verfehlungen jedes Einzelnen haarklein aufgezählt sind, hätte er nicht ganz unrecht..."

Einige unsichere Lacher waren zu hören.

„Zu den Mänteln noch ein Wort... Ist mir ein Anliegen. Manche meinen, ich hätte den Mänteln zu viel Aufmerksamkeit gewidmet, zu viel Tuch verbraucht... weshalb so viel Stoff, wurde gefragt... die Umhänge nähmen mehr Platz ein als die Gesichter der heiligen Männer und die seien doch mal das Wichtigste... Auch das ist nicht ganz falsch... mich hat neben den vier biblischen Gestalten das Problem der Fläche interessiert... also inwiefern eine von der Größe her dominierende Fläche, in diesem Fall das Gewand, der jeweiligen Physiognomie etwas nimmt... oder gar, im Gegenteil, durch das Fehlen jeglicher Figürlichkeit auf diesen Flächen, und die monochrome Gestaltung… ihnen etwas gibt. Steigert nicht der Kontrast zwischen den langen Stoffbahnen und den stark individualisierten Gesichtern die Wirkung derselben ganz erheblich? Doch… ich meine doch. Ich meine, das Werk ist gelungen."

Nun wieder der Ministerpräsident.

„Und damit will ich schließen… Die beiden Bildtafeln der vier Apostel, die Albrecht Dürer dem Rat der Stadt Nürnberg mit der Bitte sein ‚kleinwirdig Gemäl… zu seiner Gedechtnus zu behalten' ist erfüllt. Sein ‚gemel und erpieten' wurden gnädig angenommen… und werden für alle Zukunft freudig angenommen… Ich hoffe, dass man eines fernen Tages… eines fernen Tages in weiteren vierhundert Jahren, wird sagen können, die vier Apostel des Albrecht Dürer gehören der Stadt Nürnberg und waren nur für einige Jahre aushäusig. Danke, Ihnen alle."

Ein tosender Beifall brach los… Rufe… Jubelstürme. Die Handflächen der Anwesenden klatschten mit aller Macht gegeneinander, bis sie sich allmählich röteten. Doch niemand scherte sich um die anschwellenden, roten Hände und niemand ließ sich dadurch abhalten, weiter zu applaudieren. Nicht enden wollendes Klatschen erfüllte den Saal. Natürlich standen sehr bald die ersten auf, andere folgten ihnen, bis auch der Letzte sich von seinem Sitz erhoben hatte und mit erhitzter Miene seiner Begeisterung freien Lauf ließ. Man hob die Arme über die Köpfe und fuhr mit dem Klatschen fort…